DAS CHIHUAHUA-KOMPLOTT

MISS DOLITTLES GEHEIMNIS

BAND 6

MOLLY FITZ

KATZENGEHEIMNISSE

ÜBER DIESES BUCH

Meine verrückte alte Großmutter liebt es, ihre Entscheidungen aus dem Bauch heraus zu treffen. Letzte Woche hat sie mit dem Flamenco-Tanzen angefangen. Diese Woche hat sie einen Chihuahua namens Paisley adoptiert, der nichts als Ärger macht. Eigentlich ja weiter kein Problem, wenn da nicht unser launischer Kater wäre ...

Mann, ich hätte nie gedacht, dass ich Octocats Stimme einmal vermissen würde, aber sein stiller Protest wird immer unerträglicher, vor allem, weil wir eigentlich gerade dabei sind, eine Privatdetektei in unser beider Namen zu eröffnet.

Als Grandma und ich herausfinden, dass jemand Gelder des örtlichen Tierheims veruntreut, spitzt sich die Lage noch weiter zu. Wenn wir den Schuldigen nicht bald aufspüren, können sie dichtmachen, und die armen, heimatlosen Geschöpfe verlieren auch noch diese Zuflucht.

Okay, ich muss also nur noch den Bösewicht finden und die Tiere retten – und es nebenbei auch noch irgendwie schaffen, dass Octocat und Paisley ihre Differenzen beilegen und als Team zusammenarbeiten. Eine Kleinigkeit ... aber wünscht mir besser viel Glück ...

ANMERKUNG DER AUTORIN

Hallo. Danke, dass du dieses Buch gekauft hast. Wenn du ebenfalls ein großer Fan von spannenden, schrägen Tierkrimis bist, sollten wir unbedingt Freunde werden.

Wie wäre es, wenn du direkt einmal meine Facebook-Seite besuchst, die ich speziell für meine treuen deutschen Leser eingerichtet habe? Hier der Link dazu: **Facebook.com/Katzengeheimnisse**

Oder melde dich für meinen Newsletter an und sichere dir als Abonnent gratis ein digitales Geschenkpaket, einschließlich einer exklusiven Kurzgeschichte über Octocat: **Katzengeheimnisse.com/Abonnieren**

Ich bin sicher, wir werden eine Menge

Spaß miteinander haben. Also schnell umblättern ...

Wir sehen uns dann auf der nächsten Seite.

MOLLY

1

Hi, ich bin Angie Russo, und das letzte Jahr glich einer wilden Achterbahnfahrt. Ja, es sind jetzt genau zwölf Monate, seit sich mein ganzes Leben zum Besseren gewendet hat.

Sicher, ich bin in dieser Zeit vielen gefährlichen Gestalten begegnet – Mördern, Entführern, Fieslingen … von allem war etwas dabei. Doch ich hätte keine Sekunde davon missen wollen.

Aber mal der Reihe nach … Alles fing mit meinem früheren Job als Anwaltsgehilfin an.

Eine reiche alte Dame war gerade dahingeschieden, und ihre Erben hatten sich zur offiziellen Testamentseröffnung in unserem Büro eingefunden. Ich wurde angewiesen, Kaffee zu kochen, und das war das letzte Mal, dass ich ein solch gefährliches Unterfangen wagte.

Ich bekam nämlich einen Stromschlag ab und wurde bewusstlos. Nachdem ich wieder zu mir gekommen war, hatte ich zum einen furchtbare Angst vor Kaffeemaschinen – oh, und besaß außerdem plötzlich die Fähigkeit, mit Tieren zu sprechen. Zuerst konnte ich mich nur mit diesem Kater namens Octavius Maxwell Ricardo Edmund Frederick Fulton unterhalten, den ich kurzerhand in Octocat umbenannte. Er war einer der Haupterben der Verstorbenen.

Um es kurz zu machen: Er erzählte mir von seiner Vermutung, dass die alte Dame umgebracht worden sei, und bat mich, ihm bei der Suche nach dem Mörder zu helfen. Gemeinsam machten wir uns daran, den Fall zu lösen, und wurden dabei so etwas wie ziemlich beste Freunde. Jetzt lebt er bei mir, und ich sorge für sein Wohlergehen und verwalte seinen überaus großzügigen Treuhandfonds.

Und weil ich mich leichtsinnigerweise auf einen Deal ohne konkreten Einsatz mit ihm einließ, da ich ihn irgendwie dazu bringen musste, sich an der Leine führen zu lassen, wohnen wir jetzt in der prunkvollen Villa seines früheren Frauchens. Tja, deshalb kostete mich ein neongrünes Katzengeschirr für zehn Dollar am Ende eine satte Million.

Wenigstens war es nicht mein Geld, sondern seines.

Ja, im letzten Jahr war bei mir also wirklich viel los. Meinem Kater und mir gelang es, drei weitere Morde aufzuklären. Er wurde gekidnappt. Ich entschloss mich letztlich doch, meinen Job in der Kanzlei aufzugeben, um zusammen mit ihm eine Privatdetektei zu eröffnen. Ach ja, und das Allerwichtigste: Ich habe jetzt einen Freund!

Meine Großmutter ist darüber sogar noch glücklicher als ich, hat sie doch jahrelang versucht, mich zu verkuppeln. Dennoch, wo sie es endlich geschafft hat, weiß sie scheinbar nichts Rechtes mit sich anzufangen.

Klar, sie backt weiterhin wie eine Wilde und besucht regelmäßig die Kunstkurse der Gemeinde, hat jedoch in letzter Zeit auch noch einige andere Sachen ausprobiert, als liefe ihr die Zeit davon. Sie tanzte Flamenco, lernte Koreanisch und spielte sogar Pokémon Go, weil sie findet, Pikachu und sie seien so etwas wie Seelenverwandte, natürlich nur auf spiritueller Ebene. Aber ehrlich gesagt, mir ist das zu hoch.

Meine Mutter und mein Vater sind beim TV-Sender Channel Seven nach wie vor gut beschäftigt –

sie als Nachrichtensprecherin, er als Sportreporter. Grandma und ich laden sie einmal pro Woche zu einem leckeren selbstgekochten Essen zu uns ein. Ach so, hatte ich schon erwähnt, dass Großmutter und ich mittlerweile zusammenwohnen?

Das ist nicht weiter verwunderlich, denn sie ist nicht nur die Frau, die mich großgezogen hat, sondern gleichzeitig auch meine beste Freundin und die erstaunlichste Person, die ich kenne. Außerdem hilft sie mir, Octocats enorm hohen Ansprüchen und seinem straffen Zeitplan gerecht zu werden.

Und, ganz unter uns, wir sorgen natürlich dafür, dass er nur seine Lieblingsfuttersorten zu essen und sein Evian ausschließlich aus seiner Lieblingsporzellantasse serviert bekommt.

Vor Kurzem hat er ein brandneues iPad Pro gefordert. Seine Begründung? Für unser neues Geschäftsvorhaben bräuchte er dringend ein professionelles Upgrade, obwohl er sein Tablet hauptsächlich zum Spielen diverser Aquarium- und Koi-Teich-Games benutzt.

Der Hauptgrund scheint mir eher der, dass er sein altes Gerät dem Präsidenten seines Fanclubs geschenkt hat, einem Waschbären, der unter unserer Veranda lebt. Sein Name ist Pringle, und meist ist er ein ziemlich netter Kerl. Mein Kater genießt es natürlich immens, einen Fanboy zu haben, der jede seiner Entscheidungen befürwortet, inklusive seiner regelmäßigen Kritik an meiner Person.

So ist es leider – Octocat beschwert sich beinahe ununterbrochen, aber trotzdem weiß ich, dass er mich sehr liebt. Deshalb plane ich auch einen ganz besonderen Abend, um unseren Jahrestag zu feiern. Ob er sich wohl daran erinnert? Danach ganz gewiss.

Ich kann es kaum erwarten, den Ausdruck auf seinem kleinen Kätzchengesicht zu sehen, wenn er erfährt, was ich mir für ihn habe einfallen lassen. Lasset die Spiele beginnen!

* * *

Es war nicht einfach, meine Partyvorbereitungen vor Octocat geheim zu halten, aber bis jetzt hatte er glücklicherweise noch nichts mitbekommen. Anstatt selbst etwas zu kochen, bat ich Großmutter, ein paar gegrillte Shrimps und Hummerbrötchen aus dem Little Dog Diner in Misty Harbor zu besorgen. Das ist zwar eine ziemliche Strecke, aber jeden einzelnen Kilometer wert.

Da ich sie jede Minute zurückerwartete, war es für mich an der Zeit, den Ehrengast zu wecken. Ich fand ihn schlafend auf seinem fünf-Uhr-Sonnenfleck an der Westseite des Hauses. „Aufstehen, du Schlafmütze!", rief ich mit meiner besten Trällerstimme, die er, wie ich wusste, nicht ausstehen konnte.

„Angela", stöhnte er, „hast du noch nie gehört, dass man Katzen, die gerade ein Nickerchen machen, nicht wecken sollte?"

„Ich bin mir ziemlich sicher, der Spruch lautet ... egal. Komm schon, ich habe eine Überraschung für dich."

Puh, das war knapp. Beinahe hätte ich den Ausdruck *schlafende Hunde* benutzt. Dieser Ausrutscher hätte womöglich den kompletten Abend ruiniert, aber ich konnte es gerade noch so verhindern.

„Eine Überraschung?", fragte er und gähnte so breit, dass seine Schnurrhaare vor der Nase zusammenstießen. „Was denn für eine?"

„Wirst du schon sehen. Komm einfach mit." Ich klopfte auf mein Bein und deutete ihm an, mir zu folgen.

Er jedoch ließ sich mit dem Hinterteil demonstrativ auf den Holzboden plumpsen und zuckte lediglich mit dem Schwanz. „Sag es mir besser, sonst rühre ich mich keinen Zentimeter vom Fleck weg!", verlangte er zu wissen.

„Octocat, kannst du nicht einfach mal ... Ach,

vergiss es. Also gut, heute ist es genau ein Jahr her, dass wir uns zum ersten Mal getroffen haben. Erinnerst du dich an diesen Tag?"

„Du meinst also, es ist ein Jahr und einen Tag her, seit Ethel gestorben ist?" Er zog fragend eine Augenbraue hoch und musterte mich.

Mist, daran hatte ich überhaupt nicht gedacht. Hoffentlich war er jetzt nicht zu traurig, um zu feiern.

„Scheint meine Spezialität zu sein, dir das Leben schwer zu machen", sagte er mit einem hämischen Lachen und trabte kopfschüttelnd von dannen. „Alles Gute zum Jahrestag, Angela. Ich bin wirklich froh, dass du mein Mensch bist."

Aus Richtung der Veranda ertönten Schritte. Ich hatte Großmutter gar nicht vorfahren hören, aber jetzt war sie offensichtlich da, und unsere kleine Party konnte offiziell beginnen. Meinen Freund, Charles, hatte ich gebeten, erst später dazuzustoßen, da mein Kater und er in letzter Zeit nicht sonderlich gut miteinander auskamen.

Insgeheim fand ich es total süß, dass mein Kater auf meinen Freund eifersüchtig war, hoffte aber trotzdem, dass sich das irgendwann geben würde.

„Grandma?", rief ich laut. Octocat und ich hatten bereits den unteren Treppenabsatz erreicht, sie jedoch war noch immer nicht hereingekommen. Also trippelte ich hinüber zur Tür, drehte am Knauf, und ...

Ein schwanzwedelndes, schwarzes Fellknäuel sprang herein.

„Ich bin hier! Ich bin zu Hause! O Mann! Mannomann. Unglaublich!“, kreischte der kleine Hund, hockte sich hin und pinkelte direkt auf den Fußabtreter.

Ich drehte mich zu Octocat um, der den Neuankömmling mit einem entsetzten Katzenbuckel und aufgeplustertem Schwanz anstarrte. „Angela, was hat das zu bedeuten?“, fauchte er und lenkte damit unabsichtlich dessen Aufmerksamkeit auf sich.

„Eine Katze! Ist das denn zu glauben! O Mann! O Mann! O Mannomann!” Der Hund, der sich bei näherer Betrachtung als Chihuahua erwies, sprang direkt auf meinen Kater zu und schnüffelte hemmungslos an dessen Hintern.

Dieser zischte und knurrte, schlug mit den Tatzen um sich und schaffte es, dass der Kleine sich kreischend zurückzog.

Na Klasse!

„Was ist denn hier für ein Tumult?“ Großmutter kam ins Haus gestürmt, entdeckte den kleinen schwarzen Hund, der sich in einer Ecke verkrochen hatte, und drückte das wimmernde Bündel an ihre Brust. „Los, sagt schon! Wer hat meine Paisley angegriffen?"

„Grandma ..." Ich kniff mir in den Nasenrücken, um die sich ankündigten Kopfschmerzen zu unterdrücken. „Was hat dieser Hund hier zu suchen?"

„Darf ich vorstellen, das ist Paisley", gurrte Großmutter mit einer Babystimme, und der Chihuahua leckte ihr übers Gesicht. Der furchterregende Kater und der Schmerz, den dieser ihr zugefügt hatte, schienen vergessen. „Sie wohnt ab heute ebenfalls hier."

„Oh, verdammt, nein!", brüllte Octcat von seinem Platz auf der Treppe zu uns herüber. „Ich dachte, wir wollten mich heute Abend feiern und nicht mir das Leben zur Hölle machen!"

„Grandma", schaltete ich mich ein und versuchte zu beschwichtigen, bevor alle die Fassung verloren, „wir können keine Hunde bei uns aufnehmen. Octocat hasst sie."

„Haaasssss", zischte dieser und knurrte erneut.

„Aber wieso denn?", fragte der kleine Chihuahua zitternd. „Er kennt mich doch überhaupt nicht. Ich bin Paisley, und ich bin nett."

Großmutter fuhr in beinahe kindlichem Tonfall fort, während sie ihr über ihr dreifarbiges, mehrheitlich schwarzes Fell strich. „Also, ich habe die kleine Maus im Tierheim entdeckt, und sie hat sofort mein Herz erobert. Was hätte ich denn tun sollen?"

Sie musterte mich aus zusammengekniffenen Augen. „Ganz allein in diesem Käfig ihrem Schicksal überlassen? Oder, Gott bewahre, mit ansehen, wie sie sie einschläfern, weil sie in dem Auffanglager wieder Platz brauchen?" Sie hielt Paisley die übergroßen Ohren zu und blickte mich stirnrunzelnd an.

„Nein, ich meine …", stotterte ich, „das hättest du natürlich nicht tun können." O Mann, was war ich nur für ein Softie.

„Octavius wird sich wohl oder übel an seine neue Mitbewohnerin gewöhnen müssen, denn ich habe nicht vor, sie zurückzubringen", sagte sie, und ihr Ton machte deutlich, dass die Diskussion für sie damit beendet war. „Komm, mein Baby, lass uns nach draußen gehen und die Waldtiere kennenlernen."

Nachdem die beiden draußen waren, machte ich mich auf die Suche nach meinem Kater, um ihm alles zu erklären und mich in Grandmas Namen bei ihm zu entschuldigen.

Allerdings war er wie vom Erdboden verschluckt.

Verdammt, das würde er mir nie verzeihen.

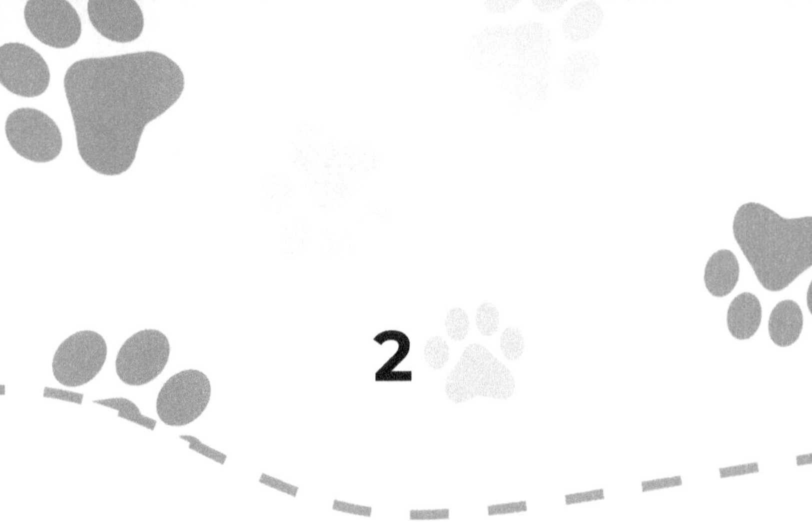

2

chließlich entdeckte ich Octocat in meinem Schlafzimmer, wo er unter meinem Bett kauerte. Seine großen, bernsteinfarbenen Augen leuchteten in der Dunkelheit. Als ich mich vor ihn auf den Bauch legte, um ihn besser sehen zu können, stieß er ein leises Knurren aus, das mich zusammenzucken ließ.

„Geh weg", fügte er mit dumpfer, beinahe schon furchteinflößender Stimme hinzu.

„Das ist nicht fair", schimpfte ich, als würde ich mit einem bockigen Kleinkind sprechen. „Glaub mir, ich bin über diese Wendung genauso schockiert wie du."

Ich zermarterte mir das Hirn, um die richtigen Worte zu finden und die Dinge so darzustellen, dass er sie verstehen konnte. Leider war es mit meinem logischen Denkvermögen nie sehr weit her, wenn Octocat unglücklich war – und seine heutige Laune hatte bereits einen Rekordtiefpunkt erreicht.

Unter größten Schwierigkeiten schaffte ich es, ein fröhliches Lächeln auf mein Gesicht zu zaubern, und erklärte ihm dann: „Aber wenn man genauer darüber nachdenkt, macht es doch auch irgendwie Sinn, oder?" Wir haben uns, und Großmutter hat jetzt auch eine kleine Fellnase als beste Freundin. Ist das nicht wunderbar?"

„Nein", antwortete mein Stubentiger stur und drehte das Gesicht zur Wand.

Ich hasste es, wenn er so verstimmt war, konnte aber leider nichts dagegen tun, solange er nicht gewillt war, mir zumindest ein kleines Stück entgegenzukommen. „Wirst du wenigstens an unserem tierischen Jahrestag ein bisschen mit mir feiern?", flehte ich mit beinahe weinerlicher Stimme.

Octocat wandte sich wieder mir zu; seine Augen besaßen noch immer dieses gespenstische Glühen, während er über meine Bitte nachdachte. „Nein, ich komme nicht raus", sagte er endlich, „aber wenn du die Güte hättest, meine Shrimps und mein Evian hierher zu bringen und zudem versprichst, diesen Hund von mir fernzuhalten, würde ich eventuell in

Erwägung ziehen, das festliche Mahl in unseren Privatgemächern mit dir zu teilen. *Allerdings nur wir beide.*"

Ich konnte mir einen Seufzer nicht verkneifen. „Du willst dieses Zimmer also wirklich nicht verlassen?"

Sein Schwanz zuckte wie wild und wirbelte dadurch eine ekelerregende Wolke aus Staub und Tierhaaren auf, die sich prompt in der Luft verteilte. O Mann, mit dem Putzen hatte ich es wirklich nicht so.

Octocat schien der Dreck nicht zu stören – er hatte im Moment Wichtigeres zu tun. „Erst dann, wenn dieser Eindringling weg ist", teilte er mir mit einem weiteren Zischen mit. „Ist es wieder einmal notwendig, dich daran zu erinnern, dass du dich hier in meinem Haus befindest?"

„Nein, das ist keineswegs notwendig; du lässt es mich ja ständig spüren." Es fühlte sich seltsam an, seine überzogen pathetische Sprache zu imitieren, aber oft war er dann eher bereit, mir zuzuhören. Und gerade jetzt musste ich ihm irgendwie klarmachen, dass Großmutter genauso schwer zu bändigen war wie er selbst. Wenn sie etwas wollten, konnten beide extrem stur sein. Also musste ich, was die Geschichte mit dem Chihuahua betraf, einen Kompromiss finden.

Ich seufzte erneut auf. „Also gut. Und in Anbetracht deiner unnachgiebigen Haltung wird es wohl das Beste sein, wenn ich deine Katzentoilette auch gleich mitbringe. Bin gleich wieder da."

Ich erhob mich und verließ mein Turmschlafzimmer, wobei ich speziell darauf bedacht war, die Tür hinter mir vollständig zu schließen. So ungern ich Octocat einsperren wollte, so sehr machte ich mir auch Sorgen darüber, was mit Paisley passieren könnte, wenn sie dort herumschnüffelte. Sie war höchstens halb so groß wie er und hatte eindeutig keinen einzigen Knochen im Körper, der einem derartigen Angriff standhalten würde.

Mein Kater hingegen?

Der besaß die Figur eines tierischen Preisboxers.

Ich fand Großmutter in der Küche, wo sie gerade ein Paar mit Hundeknochen bedruckte Keramikschüsseln für Paisley gleich links neben der Speisekammer aufstellte. „Tut mir leid, dass Octocat sich so aufgeführt hat", murmelte ich und ignorierte geflissentlich die Tatsache, dass er sich extrem darüber aufregen würde, dass die Hundenäpfe so nahe an seinem Vorrat an Fancy Feast standen, seinem bevorzugten Gourmetkatzenfutter.

„Die Katze war gemein", jammerte der

Chihuahua und rieb sich die Nase, auf der eine frische Wunde prangte.

„Er wollte dir ganz sicher nicht wehtun, aber er ist einfach manchmal etwas schwierig", beruhigte ich sie und schenkte ihr ein aufmunterndes Lächeln.

Der kleine Hund sprang an mir hoch, wedelte aufgeregt mit dem Schwanz und rief: „Hey! Hey! Hey! Hast du gerade mit mir geredet? Du weißt, wie das geht? Dann bist du aber echt clever!"

Ich bückte mich und nahm Paisley auf den Arm, und sie fing sofort an, mein Gesicht abzulecken, als wäre es mit Bratensoße oder einer anderen unwiderstehlichen Leckerei überzogen. „Ja, ich kann sowohl mit Menschen als auch mit Tieren sprechen", erklärte ich. „Allerdings weiß ich nicht, warum das so ist. Wäre es für dich in Ordnung, wenn wir uns unterhalten?"

Sie wedelte erneut so heftig mit dem Schwanz, dass ihr ganzer Körper zu zittern begann, als hätte sie Schüttelfrost. Ob sie einen Pullover oder ein Medikament gegen Angstzustände brauchte, konnte ich nicht mit Sicherheit sagen. Dann jedoch sprudelten die Worte nur so aus ihr heraus. „Ich hatte mir schon immer meine eigenen Menschen gewünscht, und jetzt habe ich sogar einen bekommen, der sprechen kann! Die anderen Hunde im Tierheim werden mir das nie im Leben glauben! Wann dürfen sie mal zu Besuch kommen? Oh, oder vielleicht können sie ja sogar bei uns einziehen? Dieses Haus ist so groß, und es gibt so viele von ihnen, die ein Zuhause brauchen."

Ich lachte über ihren Enthusiasmus, auch wenn mir der Gedanke an all die herrenlosen Tierchen, die nach Paisleys Adoption zurückbleiben mussten, beinahe das Herz brach. „Es tut mir leid, Paisley. Ich wünschte, ich könnte alle deine Freunde aufnehmen, aber mein Kater steht nun mal an erster Stelle. Er wäre ziemlich ungehalten, wenn noch mehr von deiner Sorte hier aufkreuzten."

Sobald ich sie wieder abgesetzt hatte, rollte sie sich an meinen Füßen zusammen und schmollte. „Er ist fies und gemein."

„Ja, irgendwie schon, aber du wirst ihn bald liebgewonnen haben, das verspreche ich dir. Und umgekehrt wird es genauso sein. Er braucht einfach etwas Zeit, um sich an deine Anwesenheit zu gewöhnen. Das ist eine große Veränderung für ihn."

„Für mich doch ebenfalls." Sie zog einen Kreis, um zu verdeutlichen, für wie riesig sie ihr neues Heim empfand. „Im Tierheim musste ich mir einen Käfig mit zwei anderen Freunden teilen. Es war sehr beengt. Deshalb dachte ich, dass wir auch einigen der anderen ein Zuhause geben könnten."

Drei in einem Zwinger zusammengepfercht?

Ich war zwar noch nicht oft im örtlichen Tierheim gewesen, aber soweit ich mich erinnerte, gab es dort in der Vergangenheit nie ein Problem wegen Überfüllung. Vielleicht war es für Paisley aufgrund ihrer geringen Größe etwas anders abgelaufen.

Gleich fühlte ich mich irgendwie schuldig, dass ich nicht mehr Tiere aufnehmen konnte, und wenn ich daran dachte, wie sie auf engstem Raum vor sich hinvegetierten, sogar noch mieser. Vielleicht wären ein paar freiwillige Arbeitseinsätze oder eine kleine Spende angebracht, sowohl um ihnen aus einer möglicherweise schwierigen Lage zu helfen als auch, um mein schlechtes Gewissen zu beruhigen.

„Hey", sagte ich und ging in die Hocke, so dass sie und ich uns beinahe auf Augenhöhe befanden. „Wie wäre es, wenn wir beide morgen deinen Freunden einen Besuch abstatten würden? Du könntest ihnen erzählen, wie es dir ergangen ist, und ich würde mich erkundigen, was wir tun können, um für alle ein neues Zuhause zu finden."

Sie stieß einen schrillen Schrei aus und begann erneut, unkontrolliert zu zittern. „Du bringst mich doch nicht zurück, oder?", jaulte sie. „Grandma hat mir nämlich versichert, dass das hier jetzt mein Zuhause ist."

Das arme Ding. Kein Wunder, dass Großmutter sie einfach mitnehmen musste.

„O Schätzchen, ich verspreche dir, dass ich dir das nicht antun werde. Grandma hat völlig recht. Du gehörst jetzt hierher, und daran wird sich nichts ändern."

Die kleine Fellnase stellte sich auf die Hinterbeine und kratze mir ihren Pfoten über mein Bein. „Ich hab dich lieb, neue Mami", sagte sie. „Heute ist der schönste Tag meines Lebens."

Ihr Liebesbekenntnis ließ mein Herz schmelzen. Was Octocat betraf, hatte ich beinahe erst durch die Hand eines bewaffneten Psychopathen sterben müssen, bevor er überhaupt gewillt war zuzugeben, dass er mich mochte. Bei Paisley hatte ein einziges, kurzes Gespräch gereicht, um eine tiefe Bindung zwischen uns herzustellen. So sehr ich meinen Kater auch liebte, fühlte es sich gut an, zur Abwechslung mal geschätzt, anstatt permanent beleidigt zu werden.

Hmm. Vielleicht war ich doch nicht so sehr ein Katzenmensch, wie ich immer annahm.

Natürlich erzeugte dieser Gedanke sofort weitere Schuldgefühle. Schließlich war heute unser tierischer Jahrestag, und ich hatte meinem getigerten Oberhaupt zur Feier dieses Ereignisses frisch gegrillte

Shrimps versprochen.

Es wurde langsam Zeit, Großmutter und Paisley sich selbst zu überlassen – sie konnten ja ebenfalls ihren eigenen Adoptionstag feiern – und mich um mein armes, enttäuschtes Kätzchen zu kümmern, das in meinem Turmzimmer bestimmt schon ungeduldig auf mich wartete.

Vorher schloss ich noch schnell die Augen und schickte eine Bitte ans Universum, dass wir eines Tages alle eine große, glückliche Familie sein würden. Leider hatte ich keine Kerze zum Ausblasen, und es war niemandes Geburtstag, aber vielleicht würde die besondere Magie, an die ich als Kind geglaubt hatte, uns auch jetzt wieder retten.

Eigentlich brauchte es fast schon ein Wunder, um meinen sturen Kater dazu zu bringen, sein Herz diesem armen, verängstigten, bedürftigen Hund gegenüber zu öffnen.

Nur für den Fall der Fälle sprach ich noch ein kurzes Gebet.

Irgendwie würden und mussten wir einen Weg finden, alle friedlich miteinander zu leben.

Es blieb uns ja auch keine andere Wahl.

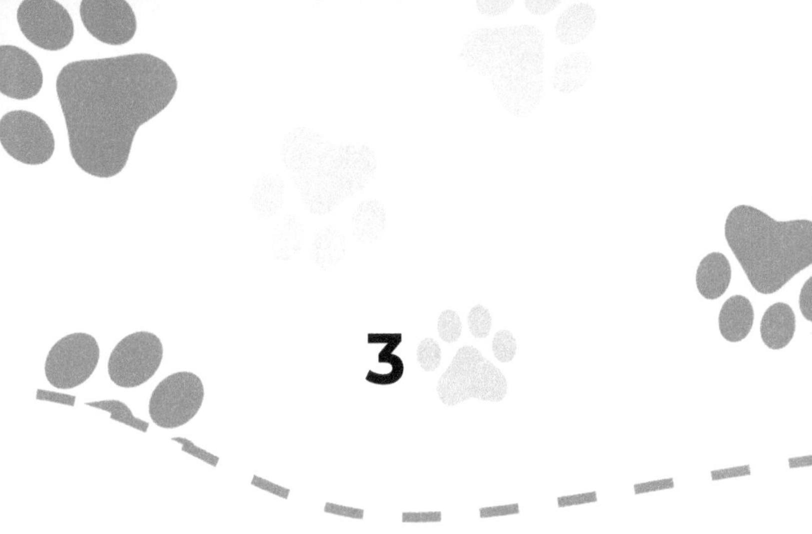

3

Als ich mit den gegrillten Shrimps für uns beide und dem Evian für Octocat in mein Zimmer zurückkehrte, fand ich ihn, gedankenverloren mit dem Schwanz wedelnd, auf meinem Kissen sitzend vor.

Kaum hatte er mich erblickt, sprang er auf und begann, nervös auf dem Bett auf- und abzuwandern. „Konntest du Grandma bezüglich der unerwünschten Missgeburt, die sie uns ins Haus geschleppt hat, zur Vernunft bringen? Besser gesagt, in mein Haus?" Während er diese Worte ausspie, vermied er es, mich anzusehen, was nur gut war, denn mein Gesichtsausdruck hätte mich direkt verraten.

„Ähm, teilweise", sagte ich und bemühte mich, nicht schon wieder zu seufzen. „Allerdings habe ich mich hauptsächlich mit Paisley unterhalten, und sie ist überglücklich, hier sein zu dürfen."

Octocat unterbrach seine Rennerei und starrte mich mit unverhohlener Verachtung an. „Und ich wäre überglücklich, wenn sie das *nicht* wäre."

Ich stöhnte auf und ließ mich neben ihm aufs Bett sinken. „Ich weiß, Veränderungen sind schwer zu akzeptieren, aber ..."

Meine getigerte Diva hob eine Pfote und schüttelte den Kopf. „Wenn ich dich an dieser Stelle gleich mal unterbrechen dürfte ... Da du anscheinend nicht auf meiner Seite bist, bist du ja wohl gegen mich. Und deshalb ..." Er hielt inne und seufzte schwer. „Wünsche ich dir jetzt eine gute Nacht, Angela."

Ratlos beobachtete ich, wie er auf den Boden sprang und sich wieder unter meiner Schlafstätte verkroch. „Hey, ich habe auch nicht um diesen Familienzuwachs gebeten", rief ich ihm hinterher, aber natürlich bekam ich keine Antwort.

„Wir können Paisley doch nicht einfach zurückschicken. Nach allem, was sie mir erzählte, ist das Tierheim jetzt schon absolut überfüllt. Wie schrecklich, so leben zu müssen, vor allem, wenn es eine Familie gibt, die sie haben möchte. *Unsere* Familie."

Er schwieg nach wie vor beharrlich.

„Es regt mich total auf, dass du mich so geflissentlich ignorierst", fauchte ich, warf mich resigniert auf mein Bett und studierte eingehend einen Fleck an der Zimmerdecke. „Wie in aller Welt sollen wir unsere Fälle aufklären, wenn wir nicht einmal vernünftig miteinander reden?"

Octocat antwortete noch immer nicht, was wahrscheinlich im Hinblick auf den letzten Punkt auch ganz gut war. Obwohl wir unsere Privatdetektei „*Pet Whisperer P.I.*" schon vor mehr als einer Woche eröffnet hatten, war bisher noch keine einzige Anfrage eingegangen.

So im Nachhinein betrachtet hätte ich diesen verrückten Namen, den Mom und Grandma uns aufgedrückt hatten, vielleicht doch besser ablehnen sollen. Wenn man sich in Blueberry Bay Tierflüsterer nannte, hielten einen die Leute garantiert für verrückt oder, noch schlimmer, für einen Betrüger.

Was ich natürlich beides nicht war.

Vielleicht würde das Geschäft ja ins Rollen kommen, wenn ich eine eigene Website online stellte oder entsprechende Anzeigen schaltete. Charles, mein Freund, hatte sogar angeboten, Aufträge aus der Kanzlei an mich weiterzuleiten, wenn er oder einer seiner Mitarbeiter zusätzliche Hilfe benötigen sollten. Das hatte ich ursprünglich natürlich kategorisch abgelehnt, weil ich es vorzog, es aus eigener Kraft zu schaffen – oder eben zu scheitern. Jetzt allerdings begann ich mich zu fragen, ob das nicht falscher Stolz gewesen war. Wenn ich Menschen helfen konnte, das tat, was ich liebte und dafür auch noch bezahlt wurde, wen kümmerte es dann schon, wie ich zu meinen Kunden kam?

„Können wir jetzt bitte zumindest darüber reden", flehte ich meinen noch immer vor Wut schäumenden Kater an.

„Du weißt bereits, wie ich zu der Sache stehe. Wenn du dich entschließen solltest, dich auf meine Seite zu schlagen, werde ich in Erwägung ziehen, wieder mit dir zu sprechen", entgegnete er in diesem schrecklich herablassenden Ton, den ich so sehr verabscheute.

„Auch gut, dann kannst du unseren Jahrestag auch gerne allein verbringen." Da ich auch darauf keine Antwort erwartete, stürmte ich los und knallte die Tür hinter mir zu.

Natürlich ließ ich meinen getigerten Freund nur ungern zurück, aber wenn er in dieser Stimmung war, schuf unser Zusammensein leider nur noch mehr Probleme. Vielleicht könnten wir dieses Gespräch am nächsten Morgen nochmals in Angriff nehmen.

Aber auch nur vielleicht …

Bis dahin allerdings hatte ich von Streit erst mal die Nase voll.

Also holte ich sein Katzenklo und stellte es samt seinem Futter und Wasser auf den Boden und verzog mich mit meinem Bettzeug in eines der Gästezimmer. Wahrscheinlich brauchten wir beide etwas Zeit, um erst mal wieder runterzukommen. Nachdem ich es mir gemütlich gemacht hatte, schickte ich Charles eine kurze Nachricht, um ihm mitzuteilen, dass er an diesem Abend nicht mehr vorbeizukommen brauchte und legte mich früher als geplant schlafen.

Was für ein toller Jahrestag!

* * *

Am nächsten Morgen wachte ich gut erholt auf und war schon wesentlich weniger verärgert als in der Nacht zuvor. Kaum hatte ich mein provisorisches Nachtquartier verlassen, stürmte auch Paisley schon auf mich zu, begann, mir die Füße zu lecken und mir von den großartigen Abenteuern zu erzählen, die sie auf ihrer morgendlichen Tour mit Großmutter auf unserem Anwesen erlebt hatte.

„Es gibt so viele tolle Stellen zum Pinkeln! So viele!", schwärmte sie, und ich beugte mich zu ihr hinab, um sie zwischen ihren entzückenden übergroßen Ohren zu kraulen. „Ich liebe es hier! Es ist wie im Hundeparadies! Ich kann noch immer nicht glauben, dass ich jetzt hier leben darf! Ich liebe mein neues Leben! Ich liebe dich!"

Und schon rannte sie wieder davon, und ich schmunzelte vor mich hin. Sie drehte so viele rasante Runden, dass sie bald völlig außer Atem war. Als sie in deutlich gemäßigterem Tempo wieder zu mir zurückkam, hing ihr die Zunge seitlich aus dem Mund, und sie keuchte schwer. Trotzdem blickte sie mich mit unverhohlener Zuneigung an.

„Freut mich, dass es dir hier gefällt", sagte ich. „Großmutter und ich werden alles tun, was in unserer Macht steht, damit du dein neues Leben genießen kannst. Übrigens, möchtest du heute, zusammen mit mir, dem Tierheim einen kurzen Besuch abstatten?"

„O Mann! O Mann! Ja, unbedingt! Ja, bitte!", jubilierte die kleine Hündin und drehte vor Freude eine weitere manische Runde.

Ich lachte laut auf, was ich heute mit Sicherheit noch öfters tun würde, jetzt, wo dieses hyperaktive Fellbündel in unser Leben getreten war. „Wahrscheinlich haben sie noch nicht geöffnet, aber ich werde mal schnell im Internet nachsehen, wie die Besuchszeiten sind."

Paisley folgte mir die Treppe hinauf und in Richtung meines Schlafzimmers – eben jenes Schlafzimmers, von dem ich zufälligerweise wusste, dass darin ein äußerst mürrischer Kater saß und sich selbst bemitleidete.

Daher blieb ich abrupt stehen, sodass der eifrige Chihuahua volle Kanne gegen meine Waden rannte. „Ähm, tut mir leid, aber Octocat würde sich zu sehr aufregen, wenn du mit mir reinkämst. Würde es dir etwas ausmachen, hier draußen auf mich zu warten? Ich verspreche, ich bin gleich wieder da."

Das dreifarbige Hündchen ließ sich mit dem Hinterteil auf die oberste Treppenstufe plumpsen und wedelte stürmisch mit dem Schwanz. „Ich werde ein braves Mädchen sein und warten, weil du mir das aufgetragen hast!"

Solch eine Antwort hätte ich von meinem Kater niemals bekommen. Daran könnte ich mich gewöhnen. Dann wischte ich mir das breite Lächeln aus dem Gesicht und betrat leise sein selbst auferlegtes Gefängnis.

„Octavius?", rief ich, wobei ich den von ihm bevorzugten Namen benutzte, in der Hoffnung, dass es mir ein paar dringend benötigte Pluspunkte bei ihm einbringen würde. „Bist du hier drinnen?"

„Natürlich bin ich hier, Angela", knurrte er unter

dem Bett hervor, „aber ich rieche den Hund vor der Tür."

„Oh, Paisley? Sie kommt nicht rein, keine Sorge. Ich ..."

Just in diesem Moment wurde die Tür aufgestoßen, und ein überschwänglicher Chihuahua hüpfte herein. „Du hast mich gerufen? Hier bin ich. Ich bin ja ein braves Mädchen!", bellte sie und raste direkt unters Bett, um erneut die Verfolgung ihres getigerten Mitbewohners aufzunehmen.

„Verrat!", brüllte Octocat, schoss wie ein Wirbelwind an mir vorbei und auf direktem Wege die Treppe hinunter. „Hochverrat!"

Sogar von hier oben konnte ich hören, wie seine elektronische Katzenklappe piepste und unsanft aufgestoßen wurde.

Wenigstens war Paisley ihm nicht gefolgt. Diese stand voller Stolz vor meinen Füßen und trommelte mit ihrem kleinen schwarzen Schwanz gegen die Holzdielen. „Habe ich das gut gemacht, Mami?", fragte sie.

Ich brachte es nicht übers Herz, mit ihr zu schimpfen. „Das hast du", versicherte ich ihr, „aber das nächste Mal wartest du lieber, bis ich *Komm* sage, okay?"

„Ja, Mami. Gar kein Problem. „Du bist meine

allerbeste Freundin, und ich hab dich ganz doll lieb!“ Mit diesen Worten begann sie, meine Zehen zu lecken und hörte mindestens geschlagene drei Minuten nicht mehr auf damit.

Hmm ... naja. Vielleicht fing ich doch so langsam an, ihren Enthusiasmus *ein klein wenig* nervig zu finden ...

4

Um die Mittagszeit kamen Paisley und ich im Tierheim von Glendale an. Wir waren kaum eingetreten, als wir auch schon überschwänglich von einer etwas pummeligen älteren Frau begrüßt wurden, die hinter einem ramponierten Schreibtisch aus Eichenholz in der Ecke des Eingangsbereichs saß.

„Willkommen! Treten Sie nur näher!", krächzte sie. Als ihr Blick auf Paisley fiel, räusperte sie sich und fuhr mit deutlich leiserer Stimme fort: „Hey, kleiner Hund, dich kenne ich doch. Sie wollen sie aber nicht wieder zurückbringen, oder? Hat sie sich bei Ihnen nicht gut aufgeführt?"

Paisley zuckte zusammen und versteckte sich hinter meinen Beinen, wobei sie wieder heftig zu zittern begann. Mittlerweile war mir klar, dass das einfach ihre Art war, mit Aufregung oder Nervosität umzugehen.

„Nein, natürlich nicht!", versicherte ich den beiden. „Wir wollten Ihnen nur einen kleinen Besuch abstatten und vielleicht mit jemandem bezüglich einer ehrenamtlichen Tätigkeit sprechen. Ich würde gerne ab und zu ein paar Stunden aushelfen."

Die Miene der Frau erhellte sich schlagartig. „Oh, wie schön! Lassen Sie uns doch nach hinten ins Büro von Mr. Leavitt gehen, der für die Öffentlichkeitsarbeit und solche Dinge zuständig ist. Dann können Sie sich in Ruhe unterhalten."

Ich nickte zustimmend und folgte ihr durch eine Reihe von Doppeltüren in den hinteren Bereich des Tierheims.

Paisley tänzelte neben mir her und blieb häufig stehen, um zu schnuppern oder ihre bebende Nase auf den Boden zu drücken. „Es riecht alles noch genauso wie gestern", meinte sie. „Oh, kannst du das glauben, Mami?"

Das konnte ich nur zu gut, entschied mich aber, nichts zu sagen, was ihre gute Laune trüben könnte. Ich hielt also lieber den Mund, während die Dame uns durch einen langen, schmalen Raum geleitete, an dessen Wänden sich die Zwinger überall deckenhoch aneinanderreihten. Sicherlich waren viele der Hunde zu mehreren in einem Käfig untergebracht, genau wie Paisley es am Abend zuvor beschrieben hatte.

„Hey, Chihuahua! Was machst du denn schon wieder an diesem schrecklichen Ort?", rief uns ein schwarzer Labrador-Mix hinterher, schob seine Schnauze durch den Metallkäfig und winselte.

„Haha. Ich bin nur zu Besuch hier", antwortete die Kleine fröhlich. „Stell dir vor, ich habe zwei neue Frauchen. Diese hier spricht sogar", fügte sie hinzu und deutete auf mich, während wir der pummeligen Frau immer tiefer ins Innere des Gebäudes folgten.

„Es spricht?", fragte ein flauschiger, kleiner Hund mit piepsiger Stimme. „Wirklich?"

„*Wirklich*. Und es ist ein Mädchen, also eine sie, und so solltest du sie auch anreden. Sei höflich, ja?" Sie stupste mich mit ihrer feuchten Nase an. „Hey, Mami, könntest du bitte mal was zu unseren Freunden sagen?"

Ich hüstelte, warf ihr einen Blick aus weit aufgerissenen Augen zu und schüttelte kaum merklich den Kopf. Hoffentlich würde sie diese Geste verstehen. Da sie noch neu in unserer Familie war, schien sie nicht zu realisieren, dass ich meine Fähigkeiten nicht unbedingt vor Fremden zur Schau stellen wollte. Sobald wir beide mal eine ruhige Minute hatten, würde ich ihr das erklären müssen, auch wenn es mir irgendwie leidtat, dass sie vor den anderen Tierheimhunden nicht mit meiner speziellen Fähigkeit angeben konnte.

„Hier wären wir", sagte unsere Begleiterin strahlend und rettete mich damit vor dem enttäuschten Blick meines Hundemädchens. „Das ist das Zimmer von Mr. Leavitt."

„Vielen Dank." Ich streckte ihr die Hand entgegen, und sie schüttelte sie.

„Mein Name ist übrigens Pearl", bot sie mit einem freundlichen Lächeln an, „und es ist mir ein Vergnügen, Ihnen behilflich zu sein. Sollten Sie noch irgendwelche Fragen haben, bevor Sie gehen, finden Sie mich wieder vorne auf meinem Platz. Viel Glück!"

Ich sah ihr hinterher, wie sie davonrauschte, und war leicht verwirrt, dass sie mir viel Glück gewünscht hatte. Lebten Orte wie dieser nicht von ehrenamtlichen Mitarbeitern?

Plötzlich begannen die Hunde hinter uns, lautstark zu bellen. Obwohl ich mich bemühte zu verstehen, was sie sagten, waren es einfach zu viele unterschiedliche Stimmen, als dass ich Genaueres hätte heraushören können. Also hob ich die Faust, um anzuklopfen und fühlte mich mit einem Mal irgendwie beklommen.

„Herein", rief jemand – vermutlich dieser Mr. Leavitt.

Ich nahm Paisley auf den Arm und stieß die Tür auf. Genau in diesem Moment fingen die Leuchtstoffröhren über meinem Kopf an zu flackern – an, aus, an. Letztendlich versagten sie ihren Dienst. In dem langen, mit Zwingern überfüllten Raum hinter mir wurde es stockdunkel und still. Das kleine Büro vor mir jedoch war dank der langen Fensterfront an der Hinterseite in helles Sonnenlicht getaucht.

„Hallo", sagte ich schüchtern. „Wenn es gerade nicht passt, kann ich auch später wiederkommen."

Der Mann hinter dem Schreibtisch blickte mit einem einladenden Grinsen zu mir auf. Überraschenderweise schien er ungefähr in meinem Alter zu sein – Ende zwanzig, vielleicht Anfang dreißig. Keine Ahnung warum, aber ich hätte eigentlich eine wesentlich ältere Person erwartet. Vielleicht aufgrund der Tatsache, dass die grauhaarige Frau, die ich gerade kennengelernt hatte, über ihn als *Mister* gesprochen hatte.

Er stand auf und streckte mir die Hand entgegen. „Sie meinen das Licht? Nee, dass passiert andauernd. Bitte, nehmen Sie doch Platz und sagen Sie mir, was ich für Sie tun kann." Seine blauen Augen leuchteten, und als unsere Hände sich berührten, hätte ich schwören können, einen winzigen Funken zu spüren, der von seiner Haut auf meine übersprang.

Auch wenn ich Mr. Leavitt nicht sonderlich gut aussehend fand, hatte er etwas unwiderstehlich Attraktives an sich. Sollte er seine Tätigkeit als PR-Leiter im Tierheim irgendwann an den Nagel hängen, hätte er mit Sicherheit noch eine lange und erfolgreiche Karriere in Hollywood oder in der Vorstandsetage einer renommierten Firma vor sich. Er würde überall dort gut hinpassen, wo Charisma gefragt war.

„Ich kenne diesen Kerl", sagte Paisley, die zusammengerollt auf meinem Schoß lag, nachdem ich auf einem der gepolsterten Stühle gegenüber des Schreibtisches Platz genommen hatte. „Er hat manchmal mit uns gespielt. Und er brachte immer viele Leute vorbei, die uns besuchen wollten. Einige von denen haben sogar mit uns gespielt."

Anstatt ihr zu antworten, streichelte ich ihr lediglich beruhigend über das Köpfchen, ließ meine Hand dort liegen und richtete dann meine Aufmerksamkeit wieder auf die einzig weitere Person im Raum. „Meine Großmutter und ich haben dieses süße kleine Mädchen aus Ihrem Tierheim adoptiert. Und da wir so glücklich mit ihr sind, dachte ich mir, ich würde gerne etwas von diesem Glück zurückgeben."

Mr. Leavitt nickte und faltete die Hände vor sich. „Soso, zurückgeben. Und wie genau haben Sie sich das vorgestellt?"

„Könnten Sie einen freiwilligen Helfer gebrauchen? Ich kann gut mit Tieren umgehen." Das war natürlich die Untertreibung des Jahres, aber ich wollte dem Kerl auf keinen Fall die Wahrheit über meine geheimen Fähigkeiten verraten.

„Das ist wirklich ausgesprochen nett von Ihnen, Miss ...?" Er hielt inne und grinste mich entwaffnend an.

„Russo", erwiderte ich schnell und ärgerte mich, dass mir dabei die Röte in die Wangen stieg. „Angie Russo. Hallo."

Er zwinkerte und lehnte sich in seinem Stuhl zurück, wodurch ich mich wieder etwas beruhigte. „Wie ich schon sagte, ich weiß Ihr Angebot wirklich zu schätzen. Sie haben wahrscheinlich selbst schon bemerkt, dass wir im Moment ziemlich überlaufen sind."

Ich nickte zustimmend. „Ja, deshalb dachte ich eben, Sie könnten Unterstützung gebrauchen."

Die Neonröhren flackerten erneut auf und beleuchteten eine kleine Lampe, die sich am Rand seines Schreibtisches befand. Er studierte sie einen Moment lang eingehend und runzelte dann nachdenklich die Stirn. „Genauso überlaufen sind wir mit freiwilligen Helfern, aber ich befürchte, wir brauchen mehr als nur diese."

Mein Herz plumpste direkt auf den Linoleumboden unter meinem Stuhl. „Ist alles okay?", flüsterte ich zu Paisley und wünschte, die sensible kleine Hündin auf meinem Schoß müsste sich den Rest unseres Gesprächs nicht mit anhören.

Mr. Leavitt grinste noch breiter. „Natürlich ist alles in Ordnung, zumindest für den Moment. Nur ein paar Wachstumsschmerzen, wenn Sie so wollen. Wie gesagt, im Moment haben wir zu viele Tiere und sogar noch mehr Ehrenamtliche, allerdings fehlen uns die finanziellen Mittel. Das macht es ein wenig schwierig, all unsere Ausgaben zu decken, aber wir schaffen das schon. Es ist uns bisher immer gelungen."

Hatte er mich tatsächlich abgewiesen? Mir zu verstehen gegeben, dass meine Hilfe nicht gut genug wäre? Das ärgerte mich maßlos, also überlegte ich verzweifelt, wie ich doch noch meinen Beitrag leisten könnte.

„Freut mich zu hören, dass Sie ausreichend Unterstützung haben, aber ich würde trotzdem gerne etwas zum Wohlergehen der Tiere beitragen", sagte ich und lächelte ihn gewinnend an. „Würden Sie unter den gegebenen Umständen lieber eine Spende annehmen?"

Er schüttelte den Kopf und seufzte tief auf. „Oh, nein, das ist wirklich nicht nötig. Ich wollte damit nicht andeuten, dass ..."

Ich grinste in mich hinein und angelte in meiner Handtasche nach meinem Scheckheft. Offensichtlich war Mr. Leavitt ein stolzer Mann, aber hier handelte es sich um eine städtische Einrichtung, und ich fühlte mich als Teil dieser städtischen Gemeinschaft. Ich war es den Vierbeinern schuldig, etwas dazu beizutragen, dass sie genug zu essen, zu trinken und ein Dach über dem Kopf hatten. „Ich weiß, dass Sie das nicht andeuten wollten, aber jetzt bin ich schon mal hier, und ich möchte helfen", entgegnete ich achselzuckend.

„Also wenn Sie darauf bestehen, werde ich Ihr großzügiges Angebot natürlich nicht ausschlagen. Und all diese wunderbaren Tiere werden es Ihnen danken."

Er nannte mir die Details, die ich in den Scheck einzusetzen hatte, und nahm ihn dann mit einem Ausdruck überschwänglicher Freude entgegen. „Sie sind eine gute Frau, Angie Russo. Diese Kleine hier kann sich glücklich schätzen, einen Platz in Ihrer

Familie gefunden zu haben", sagte er und kraulte der Chihuahua-Hündin die Stirn.

Ausnahmsweise widersprach ich einmal nicht. Paisley hatte es mit uns wirklich gut erwischt. Das war mir jetzt noch klarer, nachdem ich die Alternativen gesehen hatte. Nun musste ich mir nur noch etwas einfallen lassen, um all den anderen zu helfen, ebenfalls ein liebevolles Zuhause zu finden ...

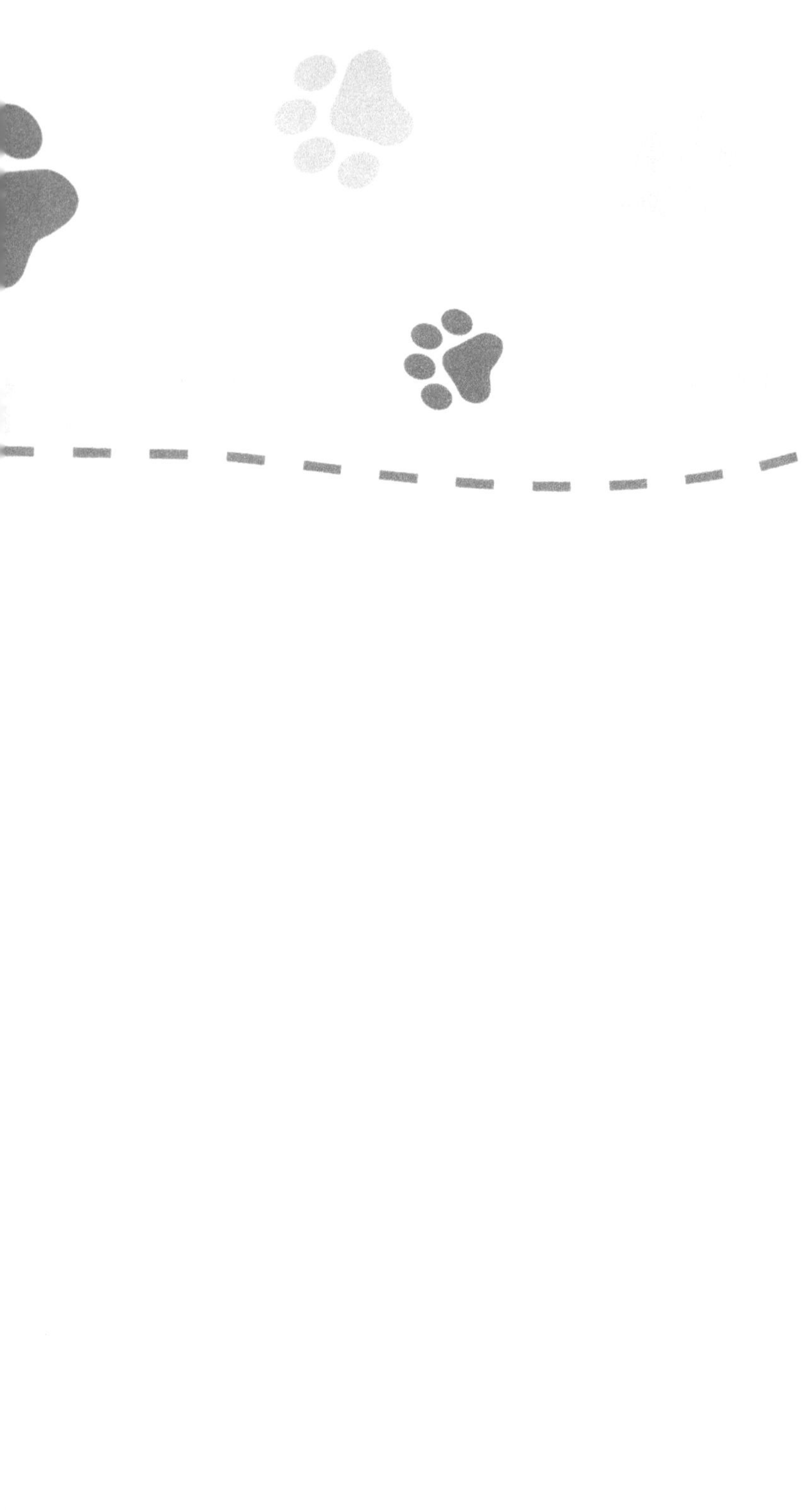

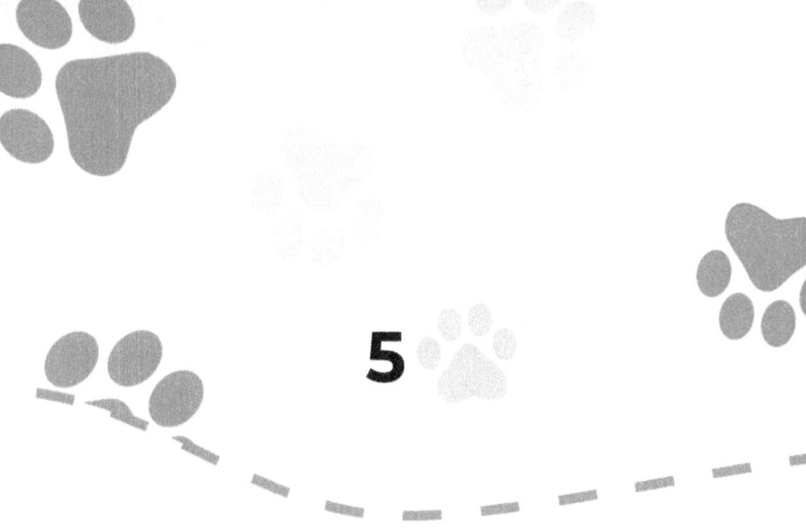

5

Nachdem ich den Scheck für meine Spende ausgestellt hatte, führte mich Mr. Leavitt durch das Tierheim und erklärte mir detailliert, wofür er sie zu verwenden gedachte. Als wir uns auf den Heimweg machten, war ich um eintausend Dollar leichter, dafür jedoch in Hochstimmung.

Es tat gut, Geld für etwas wirklich Sinnvolles auszugeben. Natürlich war es auch völlig in Ordnung, Octocat mit seinem speziellen Tafelwasser, dem Gourmet-Katzenfutter und der neuesten Apple-Technologie zu verwöhnen, also mit allem, was sein kleines Herz begehrte. Allerdings war es noch mal etwas ganz anderes, Dutzenden von Tieren in Not zu helfen, anstatt nur die Sonderwünsche meines verwöhnten Katers zu befriedigen.

Ich konnte gar nicht mehr aufhören zu grinsen.

Während dieser Fahrt hatten Paisley und ich auch eine kleine, aber wichtige Unterhaltung darüber, was ich im Beisein anderer Leute preisgeben wollte und was nicht.

„Du kannst also nicht mit Tieren reden, wenn andere Menschen in der Nähe sind?", fasste die Kleine zusammen, die es sich ohne Sicherung auf dem Beifahrersitz bequem gemacht hatte.

„Bingo", bestätigte ich lächelnd und fügte dann hinzu: „Es sei denn, es handelt sich um Grandma, Charles oder jemand anderen, der uns nahesteht. Hast du das verstanden?"

„Verstanden", bellte sie und nahm sich einen kurzen Moment Zeit, um mich bewundernd anzustarren, bevor sie ihre Vorderpfoten auf den Rahmen des offenen Seitenfensters legte und die frische Brise genoss.

Zurück zu Hause erwischten wir Grandma dabei, wie sie Liedern aus einem Musical lauschte, während sie eine hohe Schichttorte mit hellrosa Buttercreme bestrich. „Ist das der Hamilton-Soundtrack?", riet ich, trat näher und bemühte mich, ein Lächeln zu unterdrücken. Kaum zu glauben, dass meine über siebzigjährige Großmutter zu Songs über die Gründung unserer Nation rappte.

„Dieser Lin Manuel Miranda ist so talentiert und dazu auch noch so süß! Wenn ich fünfunddreißig Jahre jünger wäre oder er fünfunddreißig Jahre älter, würde ich ihm am liebsten die Kleider vom Leib reißen und …"

Schnell steckte ich mir die Zeigefinger in die Ohren, um mir den Rest des Satzes zu ersparen. „O bitte, das will ich wirklich nicht hören."

Sie schmunzelte nur und schüttelte den Kopf. „Hey, ich mag ja alt sein, aber noch bin ich nicht tot!"

Ich umarmte sie kurz und wechselte schnell das Thema. „Ja, ähm, richtig. Also, ähm, wie auch immer … Hat Octocat sich zwischenzeitlich blicken lassen?"

Sie zuckte mit den Schultern und widmete sich erneut ihrem überdimensionalen Gebäck. „Er tauchte auf, kurz nachdem du wegfuhrst. Ich habe ihn gefüttert und dann wieder ins Zimmer gesperrt. Wie lief es im Tierheim?"

Erneut schoss mir das Bild von all den armen Tieren in ihren dunklen Käfigen durch den Kopf und mir entfuhr ein trauriger Seufzer. „Ich habe Geld gespendet, wünschte aber, wir könnten mehr tun, um zu helfen. Es ist wirklich total überfüllt da drinnen, und während meines Besuchs fiel sogar der Strom aus."

„Nicht zu fassen." Sie biss sich auf die Lippe und drehte dann den Kuchen einmal komplett herum, um sich zu vergewissern, dass er vollständig glasiert war.

„Ja, echt heftig", stimmte ich zu. „Wieso bist du gestern eigentlich in das Tierheim gegangen und hast Paisley mitgenommen? Wusstest du, dass sie in finanziellen Schwierigkeiten stecken?"

Großmutter nahm ihre Schürze ab, wusch sich an der Spüle die Hände und trocknete sie anschließend an einem bestickten Geschirrtuch ab. „Ich hatte keine Ahnung, und Gott sei Dank blieb das Licht an, während ich dort war. Allerdings ist mir direkt aufgefallen, dass sie momentan mehr Hunde als Zwinger haben, in die sie sie stecken könnten."

„Was genau hat dich denn veranlasst, einen Hund zu adoptieren?" Ich nutzte ihr nachdenkliches Schweigen aus, um mir einen Teelöffel aus der Schublade zu holen und von der Buttercreme zu naschen.

Grandma verdrehte gespielt entrüstet die Augen und folgte mir hinüber ins Wohnzimmer, wo wir es uns beide auf unseren Stammplätzen in der großen, mit ungemütlichen antiken Möbeln ausgestatteten Sitzecke niederließen. „Eigentlich hatte ich es gar nicht vor", verriet sie mir. „Ich habe es einfach gemacht."

„Ja, das war mal wieder typisch", sagte ich und kicherte. Ich liebte sie wirklich heiß und innig, aber leider passierte es viel zu häufig, dass sie erst handelte und später nachdachte – wenn überhaupt. „Wie auch immer, mit Paisley hast du eine gute Wahl getroffen. Sie ist wirklich ein süßes kleines Mädchen."

„Klar habe ich das, und das ist sie in der Tat", gackerte sie wie eine stolze Mutterhenne. „Hattest du Zweifel?"

„Natürlich nicht."

Wir machten uns einen Tee und plauderten dann ein wenig über unsere Pläne für die kommende Woche. Großmutter arbeitete hart daran, neue Rezepte für ihr Buch auszuprobieren, das sie demnächst veröffentlichen wollte. Allerdings handelte es sich nicht um ein Kochbuch im gewöhnlichen Sinn, sondern eher um eine Art von Memoiren, angereichert mit einem halben Dutzend ihrer persönlichen Lieblingsrezepte. Zudem beschäftigte sie sich mit einem geheimen Kunstprojekt für das

Cover. Allerdings sollte ich es erst zu sehen bekommen, wenn es fertig war.

Ich wiederum hatte ursprünglich geplant, Aufträge für Octocats und meine neu gegründete Privatdetektei an Land zu ziehen. Jetzt sah es jedoch eher danach aus, als müsse ich mich die nächsten Tage als Vermittlerin zwischen unseren Haustieren betätigen, damit sie lernten, friedlich miteinander umzugehen.

„Wärst du mit Hühnchen Parmigiana zum Abendessen einverstanden?", fragte sie und warf einen kurzen Blick auf ihre neue Apple Watch. Octocat hatte uns mit seiner Begeisterung für Apple-Produkte irgendwie angesteckt. „Wir haben zwar noch ein paar Stunden Zeit, aber ich müsste zumindest schon mal das Fleisch auftauen."

Obwohl ich stolze Amerikanerin war, konnte ich meine italienischen Wurzeln nicht verleugnen und hatte daher immer Lust auf ein schmackhaftes Nudelgericht – und was Grandma für mich zauberte, schmeckte sowieso immer himmlisch. „Du weißt doch, wie sehr ich dieses Gericht liebe", antwortete ich, ohne zu zögern, und bereits jetzt lief mir in Erwartung des abendlichen Festessens das Wasser im Mund zusammen.

Ein lautes Geräusch, so als ob etwas Zerbrechliches auf dem Boden zerschellt wäre, ließ uns hochfahren.

„Was war das denn?", kreischte Grandma auf.

„Es klang, als käme es aus der Küche. Schnell, lass uns nachsehen."

Wir eilten hinüber und fanden die kleinen Paisley vor, die an einem Haufen Porzellanscherben schnüffelte. O nein, das gute Lenox-Service! Gar nicht gut!

„War das eine von Octocats Teetassen, die Ethel ihm vermacht hat?", rief ich und spürte bereits, wie sich üble Kopfschmerzen unter meinen Schläfen auszubreiten drohten.

Großmutter bückte sich und hob eine der Scherben auf. „Dem Blumenmuster am Rand nach zu urteilen ... Ja, das war sie."

„Hast du das gemacht, Paisley?" Ich ging auf die Knie, um mich mehr oder weniger auf Augenhöhe mit dem kleinen Hund zu unterhalten. „Hast du die Tasse aus Versehen heruntergeworfen?"

„Nein, habe ich nicht. So etwas würde ich nie tun!", versicherte sie mir bellend und wedelte dabei freundlich mit dem Schwanz. „Ich würde doch niemals Mamis oder Grandmas Sachen kaputtmachen."

Ich glaubte ihr, nicht zuletzt deshalb, weil ich wusste, dass sie uns unbedingt alles recht machen wollte. Es erschien mir auch ein Ding der Unmöglichkeit, dass sie auf den Tresen klettern, die Tasse herunterschieben und dann wieder auf den Boden springen konnte, ohne sich dabei zu verletzen.

„Meinst du, Octavius hat sie aus Protest selbst zerschmettert?", fragte Grandma und schüttelte enttäuscht den Kopf.

„Das könnte ich mir bei ihm zwar sehr gut vorstellen, aber er ist ja seit heute Vormittag in meinem Schlafzimmer eingesperrt, schon vergessen?"

Sie kratzte sich ratlos am Kopf. „Bist du dir sicher, dass du nicht etwa versehentlich ein Fenster offengelassen hast?"

„Ziemlich sicher", antwortete ich, obwohl ich mir im Moment bei allem, was ihn anging, nicht wirklich sicher war. „Aber lass uns doch einfach mal nachsehen, ob er noch drinnen ist."

„Darf ich euch begleiten?", fragte Paisley und hüpfte aufgeregt hinter uns her.

„Nein, er …", wollte ich sie schon abweisen, überlegte es mir dann jedoch anders. „Weißt du was, Paze? Ja, komm mit."

„Oh, welche Freude!", jubelte der Chihuahua und rannte, so schnell seine kleinen Beine ihn tragen konnten, die beiden Treppenabsätze hinauf.

„Dir ist aber schon klar, dass er dich dafür hassen wird", merkte Großmutter mit einem frechen Grinsen an.

Ich zuckte mit den Achseln. „Ja, gut, aber vielleicht bin ich auch wütend auf ihn", murmelte ich, atmete tief durch und stieß die Tür auf.

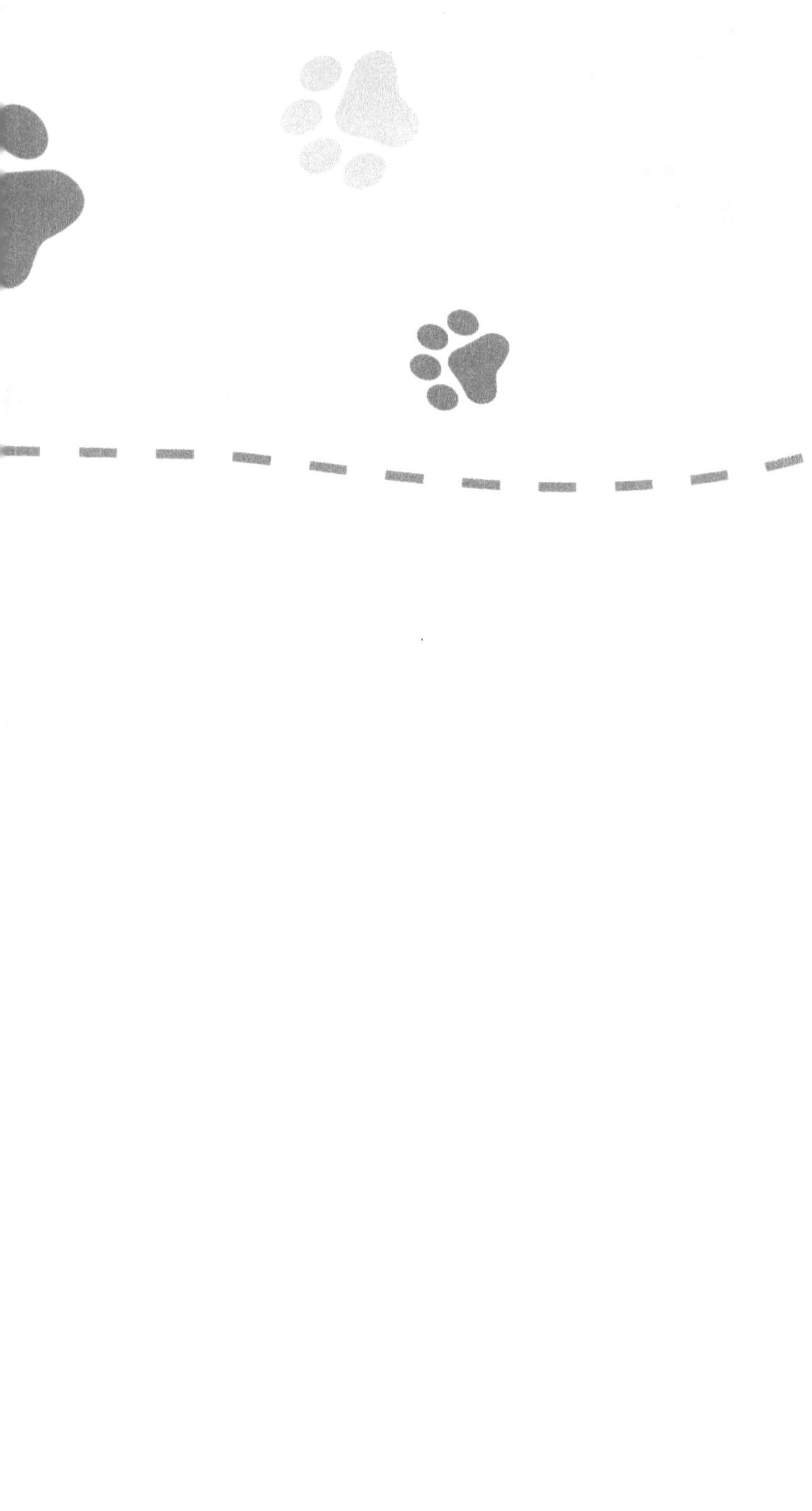

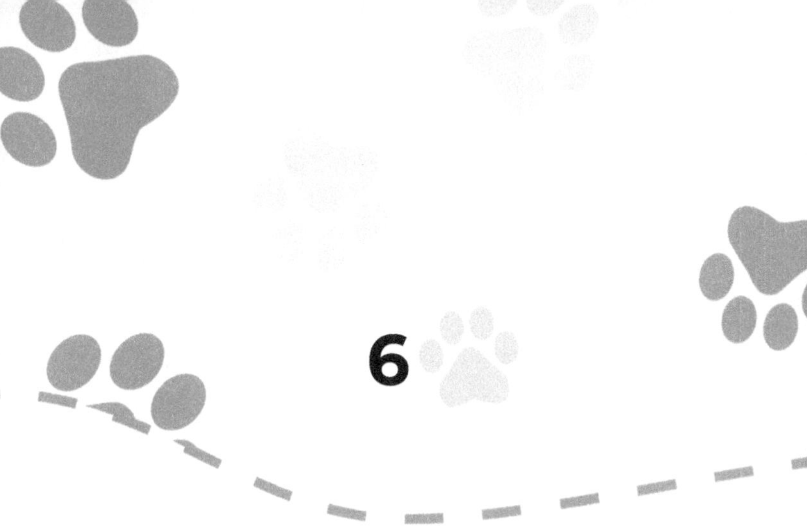

6

Wir fanden Octocat in der Ecke meines Bettes sitzend und unglücklich ins Leere starrend vor. Das Sonnenlicht, das durch das große Fenster fiel, fing sich in seinem getigerten Fell, das wirr in alle Richtungen abstand. Allein beim Anblick dieser Szene fing meine Nase an zu kribbeln, und ich musste herzhaft niesen.

„Was machst du für einen Lärm?", stöhnte mein Kater auf und wandte sich, ein zerknirschtes Grinsen im Gesicht, mir zu.

„Mein Katzenfreund!", kreischte Paisley in diesem Moment, stürmte auf die Schlafstatt zu und setzte zum Sprung an. Allerdings reichte der Schwung nicht ganz aus, um ihren winzigen Körper auf die Matratze zu befördern, und so knallte sie mit dem Kopf gegen das Bettgestell.

Die Sache wurde auch nicht unbedingt dadurch erleichtert, dass Octocat beschloss, ihr mit ausgefahrenen Krallen einen Hieb zu verpassen. „Hey, du Rotznase, lass uns eines gleich mal klarstellen. Ich bin nicht dein Freund", knurrte er und fuchtelte mit den Tatzen vor ihrem Gesicht herum, bereit, zum nächsten Schlag gegen das arme kleine Tierchen auszuholen.

„Das reicht jetzt, ihr zwei!" Großmutter eilte hinzu, schnappte sich die Kampfhähne und klemmte sich jeden unter einen Arm. „Vertragt euch doch bitte endlich. Schließlich sind wir eine Familie."

Paisley bemühte sich, die kurze Distanz zu ihm zu überbrücken und rief fröhlich bellend aus: „Bruder, Bruder, Bruder!"

Octocat gab ein teuflisches Fauchen von sich und wandte sich wütend in Grandmas Arm, bis er sich endlich aus ihrem Griff befreien konnte.

Ich lachte lauthals auf, was ihn nur noch mehr in Rage versetzte. „Warum belästigt ihr mich überhaupt?", jammerte er. „Verschwindet."

„Wir haben uns lediglich gefragt, ob du etwas darüber weißt, was in der Küche passiert ist." Ich beobachtete genau, ob sein Ausdruck etwas preisgeben, ob er sich irgendetwas anmerken lassen würde, aber er behielt sein Pokerface und sah uns verachtungsvoll an. „Und was bitte ist in der Küche passiert?", fragte er mit einem Gähnen, das vor allem nach seinem gestrigen Abendessen und zudem nach Katzenhintern roch.

O Mann!

Hatte er wirklich keine Ahnung? Mit Sicherheit würde ihm mein nächster Satz sein armes, gekränktes Herz erneut brechen. Ich erinnerte mich an das erste Mal, als eine von Ethels Erbstücken zerbrach, an seine Verzweiflung darüber und die darauffolgende rührende Beerdigung.

„Willst du ihm das von der kaputten Teetasse erzählen, oder soll ich?", fragte Großmutter und zog fragend eine Augenbraue hoch.

So viel zum Thema Feinfühligkeit.

„Welche kaputte Teetasse?" Mein getigerter Freund keuchte scharf auf und schien plötzlich Mühe zu haben, überhaupt ein Wort herauszubekommen.

„Es tut mir leid", sagte ich und meinte es tatsächlich ehrlich. „Eine aus dem Nachlass deines früheren Frauchens. Wir waren alle im Wohnzimmer, als ..."

„Genug!", brüllte er und drehte sich so ruckartig zu mir um, dass ich instinktiv einen Schritt zurückwich. „Das kann nur der Hund gewesen sein, und das weißt du auch!"

Ich schüttelte den Kopf und sah ihn unverwandt an. „Das dachten wir ursprünglich auch, aber er kommt nicht mal an den Tresen heran."

Paisley begann zu kläffen. „Das mit deiner Trinkschüssel tut mir leid, Bruder."

„Ganz ehrlich, der Köter ist nicht viel größer als eine Ratte. Es sollte nicht allzu schwer sein, ihm das Genick zu brechen", stieß Octocat zwischen zusammengebissenen Zähnen hervor.

„Du gemeine Katze!", brüllte ich ihn an, „wie kannst du es wagen, so über deine Schwester zu sprechen?"

„Sie gehört nicht zu meiner Familie und wird es auch nie. Schaff sie besser schnellstmöglich hier raus, sonst garantiere ich für nichts."

Paisley fing an, ohrenbetäubend zu schreien und wollte sich überhaupt nicht mehr beruhigen.

„Na, na, mein Lieber", säuselte Großmutter, während ich meinem Aggro-Kater direkt in die Augen blickte. Es war eine Sache, aufgebracht zu sein, aber eine gänzlich andere, jemandem Gewalt anzudrohen.

„Hör auf, mich so anzuschauen", fauchte er und zuckte bedeutungsvoll mit seinem dunklen Schwanz.

„Du bist diejenige, die all dies hier verursacht hat. Merkst du denn nicht, dass ich um meine arme, süße Teetasse trauere?"

Niemand sagte etwas, wir alle standen nur mehr oder weniger unbeholfen in meinem Turmzimmer herum. Zumindest hatte Paisley endlich mit dem Gezeter aufgehört.

„Raus hier! Ihr alle. Lasst mich in Frieden!", murrte er verzweifelt.

Mir war schon klar, dass er verärgert war, aber trotzdem konnte ich es kaum fassen, wie schnell er von reinem Ärger zu einer konkreten Morddrohung übergegangen war. Es waren Momente wie diese, in denen ich mich fragte, ob mein Leben ohne ihn nicht einfacher wäre. Natürlich wusste ich, dass das albern war und dass das Jagen einer Katze im Blut lag, aber trotzdem ... Wie konnte er sich nur so kaltblütig verhalten?

„Na schön, wir gehen", grummelte ich und geleitete Großmutter und Paisley aus dem Raum. „Wenn wir uns das nächste Mal sehen, bist du hoffentlich wieder etwas besser drauf."

„Das lief ja nicht unbedingt wie geplant", flüsterte Grandma mir ins Ohr, nachdem wir die Tür hinter unserer kleinen Gruppe geschlossen hatten.

„Nein, nicht unbedingt."

Seite an Seite trotteten wir die Treppe hinunter.

Großmutter trug Paisley auf dem Arm, als wäre sie ein kleines Baby. „Und, was nun?", fragte sie mich.

„Sieht fast so aus, als müssten wir unseren Porzellanfriedhof im Garten erweitern. Ansonsten fällt mir gerade auch nichts dazu ein. Wir wissen beide, dass es ewig dauern kann, bis sein Groll verflogen ist, und dass auch Paisley nirgendwo anders hinkann. Ich denke, wir können die Lage tatsächlich nur aussitzen. Und dabei vielleicht ein Auge auf die Kleine haben." Ich hatte ihr seine gemurmelte Drohung nicht übersetzt und auch nicht vor, das jetzt zu tun.

Grandma summte vor sich hin, während sie über unsere nächsten Schritte nachdachte. Nach nur wenigen Augenblicken begann sie zu strahlen. „Die Lage aussitzen? Aber ... O Gott, was für ein furchtbarer Ausdruck, vor allem in Anbetracht der aktuellen Ereignisse. Ich meine, wir haben doch im Moment wirklich mehr als ein Problem, das einer Lösung bedarf."

„Das Tierheim?", fragte ich, wobei meine Stimme brach.

Sie nickte. „Du erwähntest ja bereits, wie tief sie in finanziellen Nöten stecken, und ich habe vom Verkauf meines früheren Hauses noch etwas Geld übrig. Vielleicht wäre es an der Zeit, auch mal etwas zu spenden."

Eine großartige Idee. Ich selbst hatte mich heute nach meiner Schenkung richtig gut gefühlt, und zumindest freuten sie sich, im Gegensatz zu Octocat, über jegliche Art von Zuwendung. „*Hmm.* Wie lange haben die denn überhaupt geöffnet? Es ist ja fast schon Abendessenszeit!"

Davon ließ Großmutter sich jedoch nicht abhalten. „Ich fahre mal kurz hin und probiere mein Glück", sagte sie. „Sollten sie heute bereits geschlossen haben, starte ich gleich morgen früh einen neuen Versuch."

Bevor sie die große Treppe ins Erdgeschoss hinuntereilen konnte, legte ich ihr eine Hand auf die Schulter. „Moment mal. Ich werde dich auf keinen Fall allein losziehen lassen. Bestimmt erinnerst du dich doch noch daran, wie dein letzter Besuch dort endete?"

„Natürlich tue ich das", sagte sie, grinste schelmisch, hob Paisley hoch und drückte ihr einen kleinen Kuss auf die Nase. „Aber war die Entscheidung wirklich so falsch? Ich meine, schau dir dieses süße Mädchen doch mal an!"

„Kommt drauf an, wem du diese Frage stellst",

sagte ich und deutete mit einem gequälten Seufzer in Richtung meines Schlafzimmers.

„Wie auch immer – bin gleich wieder da", antwortete sie, wandte sich von der Treppe ab und eilte den Flur entlang zu ihrem Zimmer. „Ich muss mich nur kurz umziehen."

Als sie nur wenige Minuten später wieder zu mir nach unten kam, trug sie ein aufreizendes pinkfarbenes T-Shirt mit der Aufschrift *Dog Mom*. Die beiden *O*s darauf sahen aus wie Tatzenabdrücke.

„Wann bitte hattest du denn Zeit, dir das zu besorgen?", erkundigte ich mich schmunzelnd.

„Premiumversand, Liebes", war ihre Antwort. Dann wühlte sie im Kleiderschrank herum und zog eine passende rosa Leine heraus, zusammen mit einem ...

„Ein Stachelhalsband? Für einen knapp zwei Kilogramm schweren Chihuahua? Ist das dein Ernst?" Ich brach in herzhaftes Gelächter aus. Nur weil mich die Mätzchen meiner Großmutter schon lange nicht mehr überraschten, bedeutete das noch lange nicht, dass ich sie nicht urkomisch fand.

Sie ließ sich auf den Boden nieder und klopfte auf ihren Oberschenkel. „Warum denn nicht?", verteidigte sie sich, während sie sich daranmachte, das Teil an Paisleys dünnen Hals anzupassen. „Wie wir bereits mitbekommen haben, schlägt in diesem winzigen Körper das Herz einer Kämpferin."

Ich prustete erneut los. „Ähm, ich kann mit ihr reden, schon vergessen?"

„Ganz genau, ich bin eine Kämpferin!", rief Paisley in diesem Moment enthusiastisch aus und lenkte unsere Aufmerksamkeit auf sich. „Ein großer, mutiger Hund!"

Ich konnte nur noch den Kopf schütteln. Diese beiden waren eindeutig wie füreinander geschaffen, und darüber freute ich mich sehr.

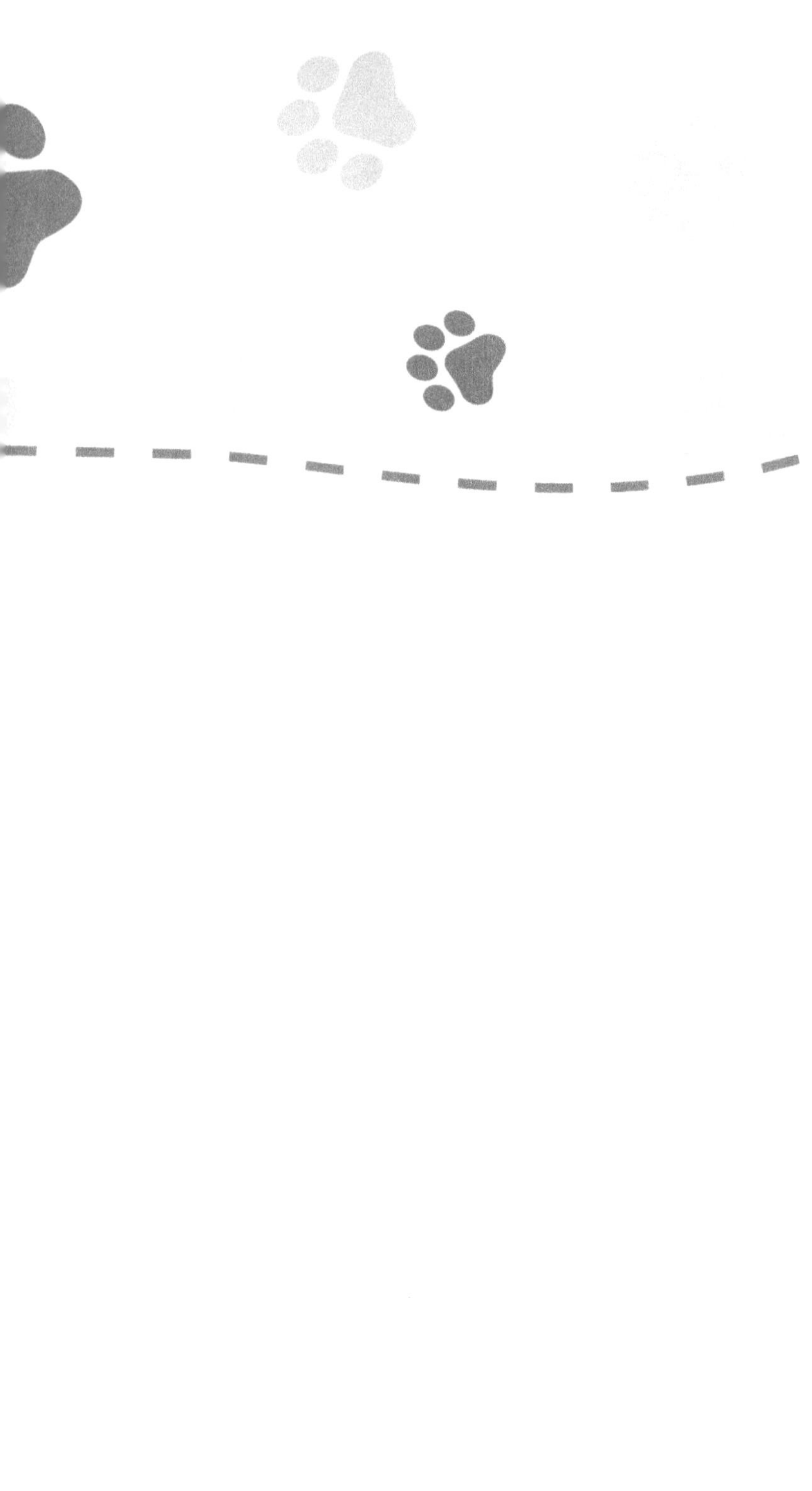

7

rgendwie fühlte ich mich wie ein Außenseiter. Meine beiden Begleiterinnen hatten sich in leuchtenden, farblich aufeinander abgestimmten Rosatönen herausgeputzt, während ich eine schwarz gepunktete Bluse und einen flippigen gelben Rock trug. Auf dem Weg nach draußen hatte Grandma sich noch spontan entschieden, ihr Outfit durch silberne Pumps aufzupeppen. Ich hingegen war in meine allerliebsten, wenn auch schon ziemlich verschlissenen Kampfstiefel geschlüpft. Wie gewöhnlich gaben wir ein ziemlich außergewöhnliches Paar ab. Wenn man dann auch noch den Chihuahua dazu nahm, stellten wir so etwas wie eine wandelnde Modenschau dar –, oder zumindest könnte man meinen, wir wären einer dieser skurrilen Realityshows entsprungen.

Ein paar Minuten vor sechs trafen wir am Tierheim ein und wurden von fest verschlossenen Türen begrüßt.

„Mist", murmelte ich und rüttelte sicherheitshalber ein weiteres Mal an der Klinke.

Dann schaute ich mich nach Großmutter um und sah gerade noch, wie sie sich in geduckter Haltung seitlich um das Gebäude herumschlich und aus meinem Blickfeld verschwand.

„Was tust du da?", flüstere ich etwas lauter als geplant und eilte ihr hinterher.

„Nach einem anderen Eingang suchen, was sonst", sagte sie, klopfte mit ihren langen Fingernägeln gegen das Fenster und drehte sich dann mit einem teuflischen Lächeln zu mir um.

„Dies ist keiner deiner geliebten Spionagefilme, Grandma. Wir kommen einfach morgen noch mal vorbei. Es besteht keine Notwendigkeit, hier herumzuschleichen. Los, lass uns gehen", zischte ich und versuchte, sie zurück zum Parkplatz zu zerren.

Sie schüttelte mich ab, hob dann einen Finger an die Lippen, ließ sich auf den Boden nieder und deutete mir an, es ihr gleichzutun. „Warte. Jemand ist da drinnen."

Entgegen meinem Bauchgefühl tat ich, wie sie mir befahl.

Dann streckten wir beide vorsichtig die Köpfe über den Backsteinvorsprung und spähten hinein. Im Inneren blätterte eine dünne blonde Frau durch einen hohen Stapel mit Papieren. Sie murmelte etwas vor sich hin, was ich aber leider nicht verstehen konnte.

Großmutter kniff mich in den Arm. „Siehst du? Ich wusste ja gleich, dass hier etwas faul ist."

Na logisch. In Wirklichkeit hatte sie einfach nur jedes Mal Glück, wenn ihr der Sinn nach einem Abenteuer stand. Aber zugegeben, in letzter Zeit hatte sie stets einen hervorragenden Riecher dafür gehabt, in unserer verschlafenen Kleinstadt Dramen aufzuspüren und Verbrechen aufzudecken.

Gespannt beobachteten wir, wie die Blondine mit zitternden Händen ein Blatt Papier aus der Mitte des Stapels zog und es durch einen Schredder laufen ließ. Kurz blickte sie auf, als ob sie spürte, dass jemand ihr bei ihrem Treiben zusah. Dann fluchte sie leise und verschwand eilig aus unserem Blickfeld.

„Los, hinterher", sagte Großmutter und huschte zum nächsten Fenster.

Paisley und ich schlichen ihr so lautlos wie

möglich nach. Was waren wir doch für eine verrückte Detektivbande.

Wir entdeckten sie erst wieder, als wir das Ende des Gebäudes und den Raum erreicht hatten, den ich als Mr. Leavitts Büro wiedererkannte. Dort zog sie die linke untere Schublade seines Schreibtisches auf, schob die restlichen Papiere, die sie offensichtlich an sich genommen hatte, hinein, ließ ihren Blick ein letztes Mal umherschweifen und verließ fluchtartig den Raum.

„Mist! Ist sie raus?", fragte ich, etwas kurzatmig aufgrund der aufregenden Entdeckung sowie des ungewohnten, geduckten Entenmarsches. „Sie wird unser Auto auf dem Parkplatz sehen und wissen, dass jemand hier ist."

„Verdammt, du hast recht." Grandma sprang auf und sprintete zurück zum Haupteingang, wobei sie satte dreißig Sekunden vor der Blondine dort aufschlug. Ich blieb ihr knapp auf den Fersen.

Falls die junge Frau überrascht war, uns vor der Tür warten zu sehen, ließ sie es sich nicht anmerken, „Oh, hallo! Kann ich Ihnen helfen?", fragte sie höflich.

„Ja, Liebes, das wäre sehr nett", antwortete Großmutter in übertrieben großmütterlichem Tonfall, den sie immer dann anschlug, wenn sie besonders gebrechlich oder bedürftig rüberzukommen versuchte. „Ich wollte eine kleine Spende machen, weiß aber nicht, ob ich hier richtig bin? Ist das das Tierheim der Stadt Glendale?"

Ihr Gegenüber lächelte erleichtert. „Ja, da sind Sie hier richtig, aber leider haben wir bereits geschlossen."

„Okay, na ja, was soll's", zwitscherte Grandma übertrieben optimistisch. „Das habe ich jetzt davon, wenn ich tagsüber ein zu langes Nickerchen einlege."

„Kein Problem", sagte die junge Frau und bedachte sie mit einem beschwichtigenden Lächeln. „Ab morgen früh um acht ist wieder geöffnet. Allerdings, wenn es Ihnen Mühe und Aufwand erspart, kann ich Ihren Scheck auch jetzt entgegennehmen und ihn morgen an die zuständige Person weiterleiten."

„Oh, Gott segne Sie, Liebes." Großmutter schenkte ihr ein gütiges Lächeln. „Das wäre wunderbar. Darf ich Ihren Namen erfahren? Ich möchte sicherstellen, dass ich meinen Followern auf Facebook berichten kann, wie hilfsbereit Sie heute Abend waren."

„Ich bin Trish", stellte sich das Mädchen lachend

vor. „Und vielen Dank schon mal. Wir freuen uns über alles, was wir bekommen können."

„Also, Trish." Sie zog das Scheckbuch aus ihrer Handtasche. „Es ist nicht viel, da meine finanziellen Mittel begrenzt sind. Trotzdem hoffe ich, einen kleinen Beitrag leisten zu können."

„Kein Beitrag ist zu klein, glauben Sie mir. Ich selbst habe leider nicht mal zwei Cent übrig, die ich entbehren könnte, deshalb investiere ich stattdessen meine Zeit", erklärte Trish, während sie leicht nervös von einem Fuß auf den anderen trat.

„Das Tierheim kann sich glücklich schätzen, so jemanden wie Sie zu haben", schaltete ich mich in die Unterhaltung ein.

Dann beobachteten wir beide schweigend, wie Großmutter einen Scheck über hundert Dollar ausstellte, ihn mit Schwung aus dem Büchlein herausriss und ihr in die Hand drückte.

„Im Namen der Tiere danke ich Ihnen sehr für Ihre Großzügigkeit", sagte die junge Frau und hielt die Spende dicht an ihr Herz gepresst.

„Aber ich bitte Sie, das war doch nur eine Kleinigkeit. Ich wünschte, ich könnte mehr geben."

„Jede noch so kleine Summe macht einen großen Unterschied." Trish faltete den Scheck in der Mitte und steckte ihn vorne in ihre Handtasche. „Ich werde dafür sorgen, dass das Geld gleich morgen in unsere Kasse fließt. Gute Nacht, und nochmals herzlichen Dank!"

Wir verabschiedeten uns von ihr, genehmigten Paisley noch eine kleine Pinkelpause und gingen dann zurück zu unserem Wagen.

„Wer war das denn?", fragte unsere kleine Begleiterin. „Die kenne ich noch gar nicht."

„Trish", erklärte ich ihr. „Sie ist eine der freiwilligen Helferinnen. Bist du sicher, dass du sie noch nie zuvor gesehen hast? Sie kann kaum neu hier sein, wenn man sie mit dem Abschließen der Türen betraut hat."

„Nein, definitiv noch nie", antwortete Paisley ohne das geringste Zögern. „Aber sie war wirklich hübsch. Ich mag sie."

„Moment mal", sagte ich mit einem schiefen Grinsen, als ich mich an die Anfänge mit Octocat erinnerte. „Erkennst du sie vielleicht nur deshalb nicht, weil du die Menschen nicht auseinanderhalten kannst?"

Paisleys lange rosa Zunge baumelte aus ihrem Mund, während sie amüsiert schnaubte. „Wie kommst du denn auf solch einen Blödsinn? Jeder Mensch sieht anders aus, und jeder hat seinen ureigenen Geruch! Nein, ich hätte mich mit Sicherheit an sie erinnert, wenn ich sie vorher schon einmal gesehen oder gerochen hätte."

Schnell informierte ich Großmutter über unsere kleine Unterhaltung.

„*Hmm*", sagte sie und schnaufte dramatisch. „Das ist allerdings ein wenig seltsam."

„Finde ich auch", stimmte ich zu. „Was glaubst du, hatte Trish so ganz allein im Tierheim zu suchen? Arbeitet sie tatsächlich ehrenamtlich dort oder nicht? Und was hat sie heimlich durch den Schredder gejagt?"

„Lauter gute Fragen", antwortete sie, während wir zurück nach Hause fuhren. „Jedenfalls werde ich mein Bankkonto ganz genau im Auge behalten, um zu sehen, wo mein Geld tatsächlich landet."

Ich nickte zustimmend. „Mach das auf jeden Fall."

„Und vielleicht kommen wir morgen Abend einfach noch mal her und brechen dann tatsächlich ein", fügte sie hinzu, einen ernsten Ausdruck auf ihrem faltigen Gesicht.

„Bist du verrückt?", schimpfte ich. „Wir versuchen, andere von solchen Aktionen abzuhalten, und du willst selbst gegen die Gesetze verstoßen?"

„Mit dir machen solche Sachen einfach keinen Spaß", murrte sie.

Vielleicht war ich im Vergleich zu meiner verrückten Großmutter wirklich zu bieder, aber eine von uns beiden musste ja die Vernünftige sein.

Und da mit Octocat anscheinend momentan nicht zu rechnen war, schien diese Aufgabe mir zuzufallen.

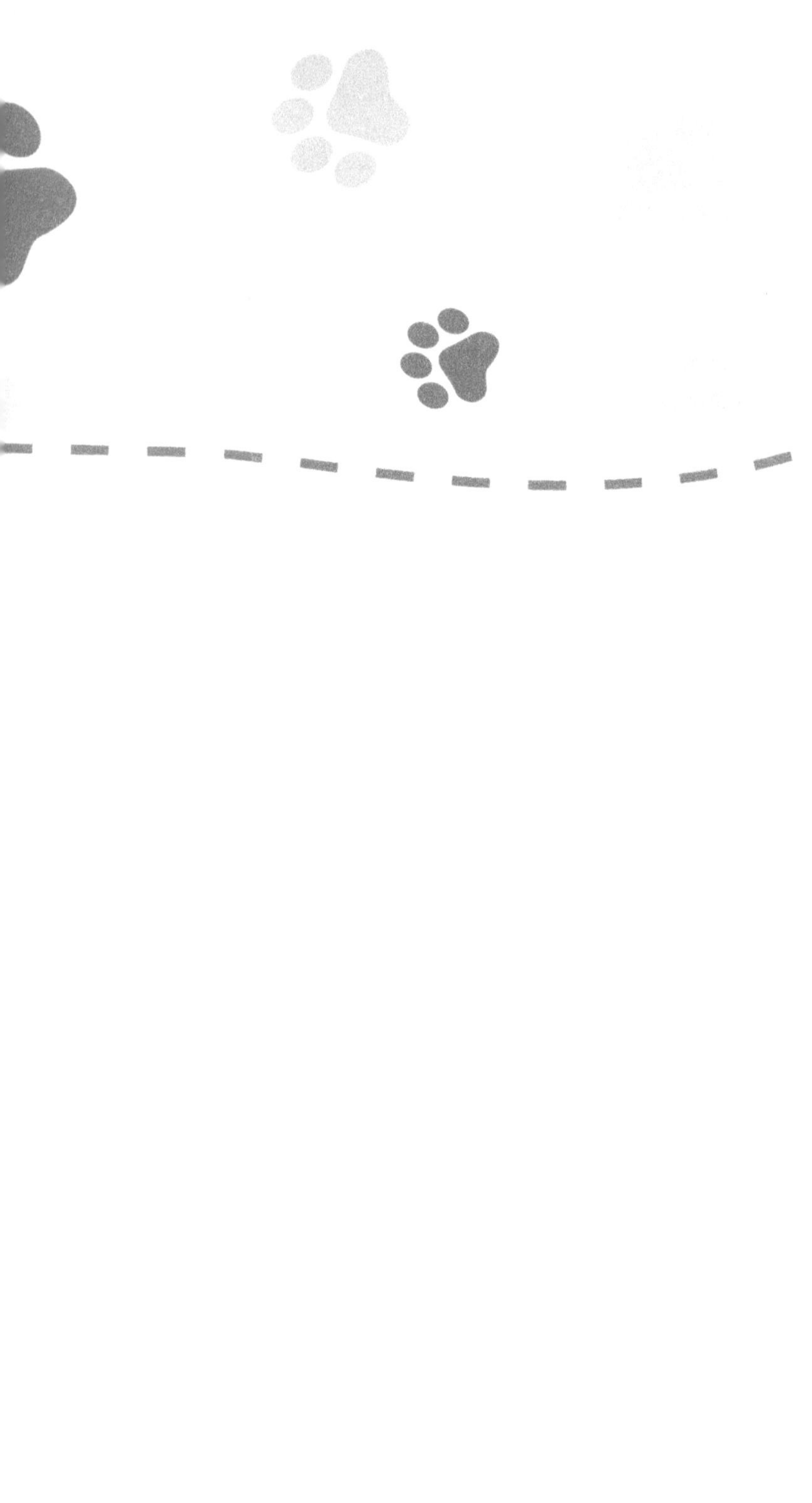

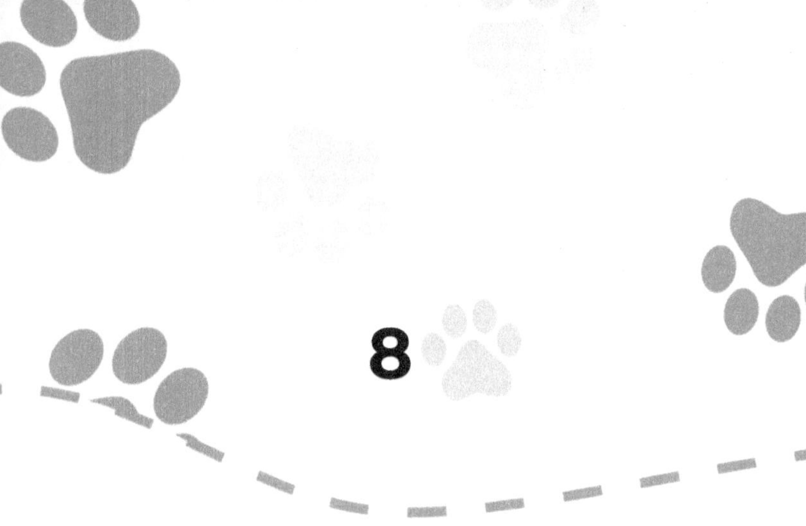

8

ls wir nach Hause zurückkehrten, fanden wir meinen Freund Charles wartend auf der Veranda vor. Kaum hatte ich den Motor abgestellt, sprang ich heraus, rannte die kurze Treppe hinauf und warf mich direkt in seine ausgestreckten Arme.

„Was machst du denn hier?", fragte ich nach einem schnellen Begrüßungskuss.

„Nachdem gestern die tierische Jahrestagfeier abgesagt wurde, durfte ich ja nicht mehr vorbeikommen. Und bei unserem Telefonat heute Morgen schienst du mir irgendwie niedergeschlagen. Also dachte ich mir, ich schaue einfach mal vorbei, um mein kleines Mädchen etwas aufzumuntern." Während er sprach, hielt sein Blick mich gefangen, und meine Knie wurden weich. Obwohl wir bereits seit ein paar Wochen offiziell miteinander gingen, konnte ich es immer noch nicht fassen, dass wir endlich zusammengekommen waren. Wie lange war ich in ihn verknallt gewesen, und jetzt? Jetzt war er wirklich und wahrhaftig mein Freund, endlich, und ein großartiger noch dazu.

Nachdem ich mich wieder unter Kontrolle hatte, löste ich mich von ihm und studierte sein attraktives Gesicht. „Dein kleines Mädchen?", wiederholte ich kichernd seine Worte. „Das klingt sehr nach Großmutter."

„Okay … Also …", gestand er mit einem heiseren Lachen, „vielleicht hat sie mich ja angerufen und dazu angestiftet. Aber wichtig ist doch jetzt nur, dass ich da bin, und ich habe für heute Abend etwas ganz Besonderes für uns geplant."

Ich umarmte ihn fest und drückte mein Gesicht gegen seine Brust, um meine Nervosität zu verbergen. Diese ganze Beziehungskiste war noch ziemlich neu für mich, und ich hatte nach wie vor Angst, ich könne es vermasseln. Die Sache war auch gerade deswegen so heikel, weil wir zuerst einfach nur supergute Freunde geworden waren, bevor wir uns auf diese romantische Bindung eingelassen hatten.

Aufgrund dieser Umstände befürchtete ich außerdem, dass wir uns bereits gefährlich dem *Ich liebe dich*-Stadium näherten, obwohl wir erst seit etwas weniger als einem Monat zusammen waren. Und sobald erst mal diese drei kleinen Worte aus dem Sack waren, würde auch der nächste Schritt mit *Willst du mich heiraten* nicht mehr lange auf sich warten lassen. So sehr ich Charles auch anbetete – bei dem Gedanken, die Frau von jemandem zu werden, mit jemand anderem als Grandma zusammenzuleben, wurde mir heiß und kalt.

Immer langsam mit den jungen Pferden, sagte ich mir wieder und wieder vor. So, wie es jetzt lief, war es eigentlich perfekt, und ich wollte mir Zeit lassen, um die Phase meiner ersten echten, erwachsenen Verliebtheit in vollen Zügen auszukosten.

Also schluckte ich die letzten Reste meiner Unruhe hinunter und fragte: „Darf ich erfahren, was du geplant hast, oder ist es wieder eine deiner berühmten Überraschungen?"

Charles küsste mich auf die Stirn und schob mich ein Stück von sich. „Dieses Mal sage ich es dir", antwortete er mit einem Grinsen, „aber beim nächsten Mal behalte ich es bis zum allerletzten Augenblick für mich. Das wird dann nämlich wirklich eine Überraschung werden."

Ich nickte, immer noch auf das Jetzt konzentriert

und begierig darauf zu erfahren, was er an diesem Abend vorhatte.

Er legte beide Arme um meine Taille und zog mich an sich. „Am Ortsrand von Dewdrop Springs hat gerade ein neues Wellnesscenter eröffnet, und die bieten Paarmassagen zum Sonderpreis an. Ich dachte mir, wir könnten das doch einmal austesten. Was hältst du davon?"

„Da bin ich sofort dabei!", quietschte ich und machte vor Freude einen kleinen Luftsprung. Ich hatte noch nie eine professionelle Massage bekommen, jedoch schon viel Gutes darüber gehört – vor allem von meiner Großmutter. Ganz ehrlich? Ein klein wenig machte mich die Vorstellung schon nervös, aber ich fand Charles' Geste zu nett, um mir mein Zögern oder meine Bedenken anmerken zu lassen.

„Bis später, Liebes", rief Grandma uns noch hinterher, als er mich zu seinem Auto führte. „Tu nichts, was ich nicht auch tun würde."

Ich lachte so herzhaft, dass ich mich fast verschluckte. Sie würde so ziemlich alles tun, ohne vorher auch nur einen Moment darüber nachzudenken. Definitiv kein Vorbild für keusches Betragen. Andererseits war das womöglich auch etwas, wovon ich mir eine Scheibe abschneiden konnte.

„Danke, dass du mich dort rausgeholt hast", sagte ich meinem Freund, als er rückwärts aus der langen Auffahrt fuhr.

„Immer wieder gerne." Er zwinkerte mir lächelnd zu, so dass ich ihn am liebsten auf der Stelle geküsst hätte. „Schmollt Octocat noch immer wegen des Familienzuwachses?"

Ich sog scharf die Luft durch die Zähne ein. „Das ist noch milde ausgedrückt."

Charles schmunzelte. „Erinnerst du dich noch an das Chaos mit Yo-Yo?"

O ja, Yo-Yo, der Yorkie, der einzige Zeuge des Doppelmordes an seinen Besitzern. Das war der Fall gewesen, bei dem Charles und ich uns kennengelernt hatten und gute Freunde geworden waren, obwohl es eigentlich damit begann, dass er mich erpresste und drohte, der ganzen Welt mein Geheimnis zu verraten.

„Ja logisch", entgegnete ich mit einem verschmitzten Grinsen. „Und auch daran, wie sich Octocat während der ganzen Zeit, die sie miteinander verbringen mussten, nie wirklich an ihn gewöhnen konnte."

„Und das war ja nur eine knappe Woche gewesen. Paisley wird den Rest ihres Lebens hier verbringen. Selbst er kann seine Protesthaltung nicht ewig durchziehen."

„Oh ihr Kleingläubigen", witzelte ich und verdrehte zur Bekräftigung die Augen.

Nach einer guten halben Stunde Fahrt hatten wir unser Ziel erreicht. Das neue, mondäne Spa lag inmitten einer ziemlich heruntergekommenen Shopping Mall, die mir nicht sehr vertrauenerweckend erschien. Sobald wir jedoch durch die Tür traten, erwartete uns ein prächtiger, in beruhigendem Hellgrün gestrichener Empfangsbereich. Direkt neben dem Tresen blubberte ein großer Steinbrunnen vor sich hin, und aus versteckten Lautsprechern ertönte sanfte klassische Musik. Begrüßt wurden wir von einer Frau, die von Kopf bis Fuß in Weiß gekleidet war.

Ihre roten Haare leuchteten sogar in der gedimmten Beleuchtung, und ihre blasse Haut wirkte makellos. „Willkommen bei Serenity", sagte sie mit melodischer Stimme. „Wie darf ich heute Ihre Welt verschönern?"

Ich kämpfte gegen eine Reihe von sarkastischen Kommentaren an, die mir schon auf der Zunge lagen und schenkte dieser Möchtegern-Weltverbesserin ein verkniffenes Lächeln.

Charles hingegen schien völlig in seinem Element zu sein. Möglicherweise, weil er in Kalifornien aufgewachsen war. Er griff nach meiner Hand, zog mich mit sich und ging zielstrebig auf die Dame zu „Wir haben für sieben Uhr eine Paarmassage gebucht", teilte er ihr mit.

„Ah, der letzte Höhepunkt des Tages. Ausgezeichnet." Sie machte eine unnatürlich lange Pause, bevor sie fortfuhr: „Heute Nacht werden Sie sicher gut schlafen."

Es folgte ein weiterer peinlicher Moment der Stille.

Charles und ich blickten erst uns fragend an und dann zurück zu ihr.

„Stone ist fast fertig mit seinem vorherigen Termin. Wenn Sie noch kurz Platz nehmen würden?" Sie schwebte hinter dem Pult hervor und führte uns zu ein paar riesigen Gymnastikbällen, die um einen kleinen Teppich herum postiert waren.

„Ähm, vielen Dank." Unbeholfen ließ ich mich auf dem dunkelgrünen Ball nieder; Charles entschied sich für den hellbraunen.

Die Rezeptionistin lächelte uns etwas länger an, als es unbedingt nötig gewesen wäre, ging dann in den hinteren Raum und ließ uns allein zurück. Tja ... Sollte diese Mitarbeiterin ein Aushängeschild des Spas sein, musste es sich um einen wirklich sonderbaren Ort handeln. Das machte mich noch nervöser. Grandma würde diese ganze Show mit Sicherheit genießen. Ihre Devise war ja: je verrückter, desto besser. Ich hingegen hielt mich lieber an das, was ich bereits kannte und liebte.

„Du glaubst doch auch nicht, dass Stone der richtige Name dieses Typen ist, oder?", wollte Charles wissen und schnitt eine Grimasse.

Ich hatte ihn genau das Gleiche fragen wollen, versetzte ihm stattdessen aber nur einen spielerischen Klaps. „All das trägt zum *Ambiente* bei." Ich betonte dieses Wort dermaßen übertrieben, dass es nach einer komplett anderen Sprache klang. Vielleicht wie Französisch.

„All das ist Teil ihrer Devise, unsere Welt schöner zu machen", fügte er mit einem leisen Lachen hinzu und stieß mit seinem riesigen Fitnessball gegen meinen.

Ich rollte leicht zurück, um Schwung zu holen und rempelte ihn dann noch härter an. Daraus entwickelte sich eine Art Flirt-Spiel, für das jeder von uns seine eigenen Regeln aufstellte.

Wir bemerkten zunächst nicht einmal, dass die Rezeptionistin zurückgekehrt war – erst als sie sich vernehmlich räusperte und uns vorwurfsvoll anstarrte.

„Stone wäre jetzt bereit für Sie", ließ sie uns

wissen und zwang sich zu einem Lächeln, das wohl eher Charles galt als mir.

In diesem Moment schwang die hintere Tür auf und eine zierliche, blonde Gestalt trat heraus.

„Trish?", fragte ich erstaunt und konnte kaum glauben, dass ich der ehrenamtlichen Helferin des Tierheims an einem einzigen Tag gleich zweimal über den Weg lief, und das noch dazu innerhalb von einer Stunde. Vor allem, wenn man die Entfernung bedachte, die wir alle zurücklegen mussten, um von Glendale zum Einkaufszentrum zu gelangen.

Trish blinzelte mich zuerst irritiert an, lächelte dann jedoch. „Ach ja, Sie sind ja heute mit Ihrer Mutter vorbeigekommen, um etwas zu spenden, richtig?", erwiderte sie mit einem zuckersüßen Tonfall, der sehr aufgesetzt wirkte.

„Eigentlich mit meiner Großmutter, aber – ja – das war ich." Ich lächelte freundlich zurück, um ihr zu signalisieren, dass ich ihr nichts Böses wollte. „Was machen Sie denn hier?"

„N-n-nichts", war ihre zittrige Antwort. „Ich bin gerade auf dem Weg nach Hause."

Und bevor ich noch irgendetwas fragen konnte, war sie auch schon zur Tür hinaus.

Tja, so viel zum Thema Smalltalk …

9

Keine Ahnung, wie ich mir Stone vorgestellt hatte, aber zumindest war er kein bäriger Holzfällertyp, der uns kurze Zeit später in Empfang nahm.

Obwohl er, ebenso wie die Frau an der Rezeption, ganz in Weiß gekleidet war, besaß er eine völlig andere Ausstrahlung. Durch seinen dichten roten Bart schenkte er uns ein gigantisches offenes Lächeln. „Guten Abend", sagte er und schob sich durchs Zimmer in Richtung der Schränke, die die Rückwand säumten, wobei seine langen Arme seitlich herunterbaumelten. Auf seinem Weg dorthin schaltete er die Musik an, und sogleich erfüllten die beruhigenden Klänge eines exotischen Saiteninstruments den Raum, was die ganze Sache noch eigenartiger und befremdlicher erschienen ließ.

„Ich komme in fünf Minuten wieder; dann können wir loslegen." Mit diesen Worten reichte er jedem von uns einen weißen, flauschigen Bademantel und ließ uns dann allein, um uns die Möglichkeit zu geben, uns in Ruhe auszuziehen.

Oha. Er hatte kaum fünf Worte mit uns gewechselt, und schon wollte er, dass wir unsere Kleider ablegten? Ich war zwar nicht unbedingt prüde, aber doch etwas schamhaft, was meinen Körper anbelangte.

Charles hatte mich auch noch nie nackt gesehen, verhielt sich diesbezüglich aber wie ein wahrer Gentleman. Auch jetzt drehte er mir sogleich den Rücken zu und versprach, nicht herzuschauen, bis ich ihm mein Okay dafür gab. Dennoch riss ich mir meine Sachen in Rekordgeschwindigkeit vom Leib und schlüpfte im gleichen Tempo in den dicken Bademantel. Ich verschwand beinahe in dem ungewohnten, deutlich zu großen Kleidungsstück, aber wenigstens fühlte es sich angenehm auf meiner nackten Haut an.

„Du kannst dich jetzt wieder umdrehen", teilte ich ihm verlegen mit. Tatsächlich fühlte ich mich in diesem wollig-weißen, überdimensionalen Wellness-teil wie ein Schaf.

Ein bisschen kam ich mir vor wie ein Comic-Schaf, und Charles war definitiv der Wolf, der mich mit Blicken zu verschlingen drohte. Er stieß einen anerkennenden Pfiff aus und meinte: „Gerade im Moment siehst du besonders kuschelig aus." Dann rückte er näher an mich heran, schlang seine Arme um mich und wiegte sich mit mir absurd romantisch zur Meditationsmusik, was mir absolut fehl am Platz vorkam.

„Ich bin hier drunter nackt", flüsterte ich, peinlich berührt.

Er jedoch lachte nur und tanzte weiter mit mir, bis wir ein leises Klopfen an der Tür vernahmen.

„Kommen Sie herein", rief er, während ich meinen Bademantel nur noch enger um mich schlang.

Stone war zurück, die Dame vom Empfang im Schlepptau. „Das ist meine Kollegin Harmony. Wir werden Sie gemeinsam massieren. Bitte machen Sie es sich bequem."

Charles riss spielerisch erstaunt die Augen auf und rieb sich die Hände. Dann begab er sich zu einem der ledernen Massagetische und ließ sich so darauf nieder, dass sein Gesicht genau auf dem Loch im Kopfteil zu liegen kam.

„Jetzt Sie, Angela", ermunterte mich die Masseurin. Ihre Stimme klang nun ganz anders als vorhin. Vielleicht lag es an der Akustik des Raums oder vielleicht verfügte sie über unterschiedliche Tonlagen, je nachdem, ob sie einen Kunden empfing oder an ihm arbeitete. Wie auch immer ... Mir kam das alles irgendwie total seltsam vor.

Anscheinend spürte Charles mein Unbehagen und streichelte meinen Arm, als ich an ihm vorbeiging. Er war so ein toller Freund und so viel kultivierter als ich.

Also atmete ich tief durch und beschloss, dieser Erfahrung der anderen Art eine Chance zu geben, bevor ich ein für alle Mal entschied, dass es nichts für mich war. Ich bedachte also Stone und Harmony mit einem kleinen Lächeln und setzte mich dann endlich ebenfalls auf die Liege, allerdings weit weniger anmutig, als Charles es getan hatte. Aber immerhin – es war vollbracht.

„Lavendel zur Entspannung", sagte die Masseurin und sprühte wie wild um sich.

„Unsere hauseigene Mischung", fügte Stone hinzu.

Die beiden sprachen abwechselnd mit ruhigen,

gleichmäßigen Stimmen auf uns ein. Ihre Worte ergänzten sich perfekt, und ich versuchte mir gerade vorzustellen, wie oft sie diese Eröffnungsrede geprobt haben mochten, bis sie auf den Punkt genau passte.

Als sie damit fertig waren, legte Harmony eine weiche, warme Hand in meinen Nacken und begann, sanft an meinem Bademantel zu zerren.

Mein Puls begann zu rasen. Sollten Massagen nicht eigentlich beruhigen? Stattdessen hatte meine Beklemmung gerade ihr höchstes Level erreicht. „Kann ich das Teil nicht anbehalten?", murmelte ich und hoffte, laut genug gesprochen zu haben, dass sie mich hören konnte.

„Nein", entgegnete sie mit einer Stimme, die keinen Widerspruch duldete und schob den Bademantel immer weiter an mir herab, bis er mir auf den Hüften hing.

„Das ist schon okay, Angie", sagte Charles neben mir, „ganz normal, dass du beim ersten Mal nervös bist. Erzähl mir einfach etwas, bis du dich entspannt hast."

Das erste Mal? Hatte Charles das schon öfters gemacht? Möglicherweise mit seiner Ex, Breanne? Igitt, hoffentlich nicht.

Als meine Masseurin jedoch begann, Öl auf meinen oberen Rücken zu träufeln, entschied ich mich, seinen Rat anzunehmen. Zumindest würde ein Gespräch die Zeit etwas schneller vergehen lassen.

„Ein toller Schuppen, den Sie hier haben", merkte ich an. „Natürlich kann ich im Moment nur den Boden sehen, aber der Empfangsbereich war schon mal echt klasse. Haha."

„Entspannen Sie sich", säuselte Harmony und strich mit ihren Händen sanft über meine Rückseite. „Einfach loslassen!"

Leider hatten ihre Worte bei mir nicht die gewünschte Wirkung.

„Ihr seid also neu hier in der Gegend? Was hat euch dazu bewogen, euch gerade in Dewdrop Springs niederzulassen? Und warum habt ihr euer Studio Serenity genannt? Und sind Harmony und Stone tatsächlich eure richtigen Namen?"

„Locker lassen", wiederholte sie ihre Anweisung, dieses Mal jedoch in weitaus schärferem Ton. Was würde passieren, wenn mir das nicht gelänge? Würden sie die ganze Sache hier abblasen? Das wollte ich Charles natürlich nicht antun, zumal ich wusste, wie hart er als einziger Partner in Glendales berüchtigtster Anwaltskanzlei arbeitete.

„Tut mir leid, ich bin einfach nur nervös." Ich atmete wiederholt langsam und zitternd ein und versuchte, meine Atmung der ihren anzupassen, in der Hoffnung, dass dies letztendlich helfen würde, mich auf diese neue Erfahrung einzulassen.

„Sie werden die Anwendung um ein Vielfaches mehr genießen können, wenn Sie sich nicht so verkrampfen", sagte Stone, aber auch dieser Rat war wenig hilfreich.

„Dies ist ihr erstes Mal", erklärte Charles. „Können wir uns einfach ein wenig unterhalten, um es für sie leichter zu machen?"

„Wir werden aber die eingeplante Zeit keinesfalls überschreiten", warnte Harmony. Mit jedem weiteren Satz, den sie von sich gab, verlor ihre Stimme etwas mehr von ihrer himmlischen Note. Es würde mich nicht wundern, wenn sie mich gleich anbrüllte.

„Das erwarten wir auch gar nicht", erwiderte Charles schnell, „aber wenn sie ihr nicht helfen, sich zu entspannen, wird sie diese Erfahrung sicher kein zweites Mal mehr haben wollen."

„Na schön." Meine Masseurin spie die Worte förmlich aus, während Stone nur gutmütig kicherte. War ja klar, dass ich die Eiskönigin erwischen musste. Trotzdem war sie noch das kleinere Übel. Auf keinen Fall hätte ich die Hände eines mir unbekannten Mannes auf meinem Körper spüren wollen, während ich entblößt und hilflos dalag.

„Wir haben uns den Namen Serenity ausgesucht,

weil das die Atmosphäre ist, die wir für alle zu schaffen versuchen, die durch unsere Tür kommen", sagte Stone. „Eine ruhige, heitere und gelassene Atmosphäre."

„Was ist mit Trish?", fragte ich und musste wieder an die überraschende Begegnung mit der zierlichen Blondine denken. „Sie schien mir nicht sehr gelassen, als sie vorhin hinausstürmte."

„Wir sprechen grundsätzlich nicht über unsere anderen Kunden", sagte Harmony und zwickte mich dabei ein wenig in mein Hinterteil.

„Kunden? Also hat sie sich ebenfalls massieren lassen?", frage ich unschuldig.

„Natürlich", antwortete Stone bestimmt. „Was denn sonst? Machen Sie sich um sie keine Sorgen. Sie war definitiv keine typische Kundin. Zumindest hat sie uns weniger gestresst verlassen im Vergleich dazu, in welcher Verfassung sie hier ankam."

Harmony stöhnte frustriert auf, sagte aber nichts dazu.

„Warum ist sie denn so gestresst?", bohrte ich weiter.

Obwohl ich eigentlich keine Antwort erwartet hätte, gab er sie mir trotzdem. „Weil die Stadt die Gelder für das Tierheim gekürzt hat und sie dort jetzt eine schwere Zeit durchmachen."

„*Stone*", zischte seine Kollegin, „vergiss bitte nicht unseren Ethik-Kodex!"

Ein paar Minuten lang schwiegen alle.

„Hey", fing Stone dann wieder an und vergaß völlig, seine beruhigende Meditationsstimme zu benutzen. Jetzt kam er fast wie ein Freund rüber. „Wisst ihr, was mir hilft, wenn ich nervös bin? Ich zähle dann gerne all die Dinge auf, für die ich dankbar bin. Lasst uns doch alle mal abwechselnd alles Positive in unserem Leben benennen. Ich fange an. Ich bin dankbar dafür, dass ich einen Beruf habe, den ich liebe."

„Ich auch", bekräftigte Charles.

„Ich ebenso", bestätigte ich. „Na ja, irgendwie zumindest. Ich habe in letzter Zeit nicht viel gemacht, aber ..."

„Keine Erklärungen", schnauzte Harmony mich an. „Sagen Sie einfach, was Ihnen als Erstes in den Sinn kommt, lassen Sie es raus, und weiter geht's."

„Also gut", murrte ich. „Dann bin ich wohl dankbar für meine Katze."

Aber war ich das auch für diese Erfahrung heute Abend? Ganz sicher nicht.

Vielleicht würde Charles beim nächsten Mal mir die Wahl überlassen.

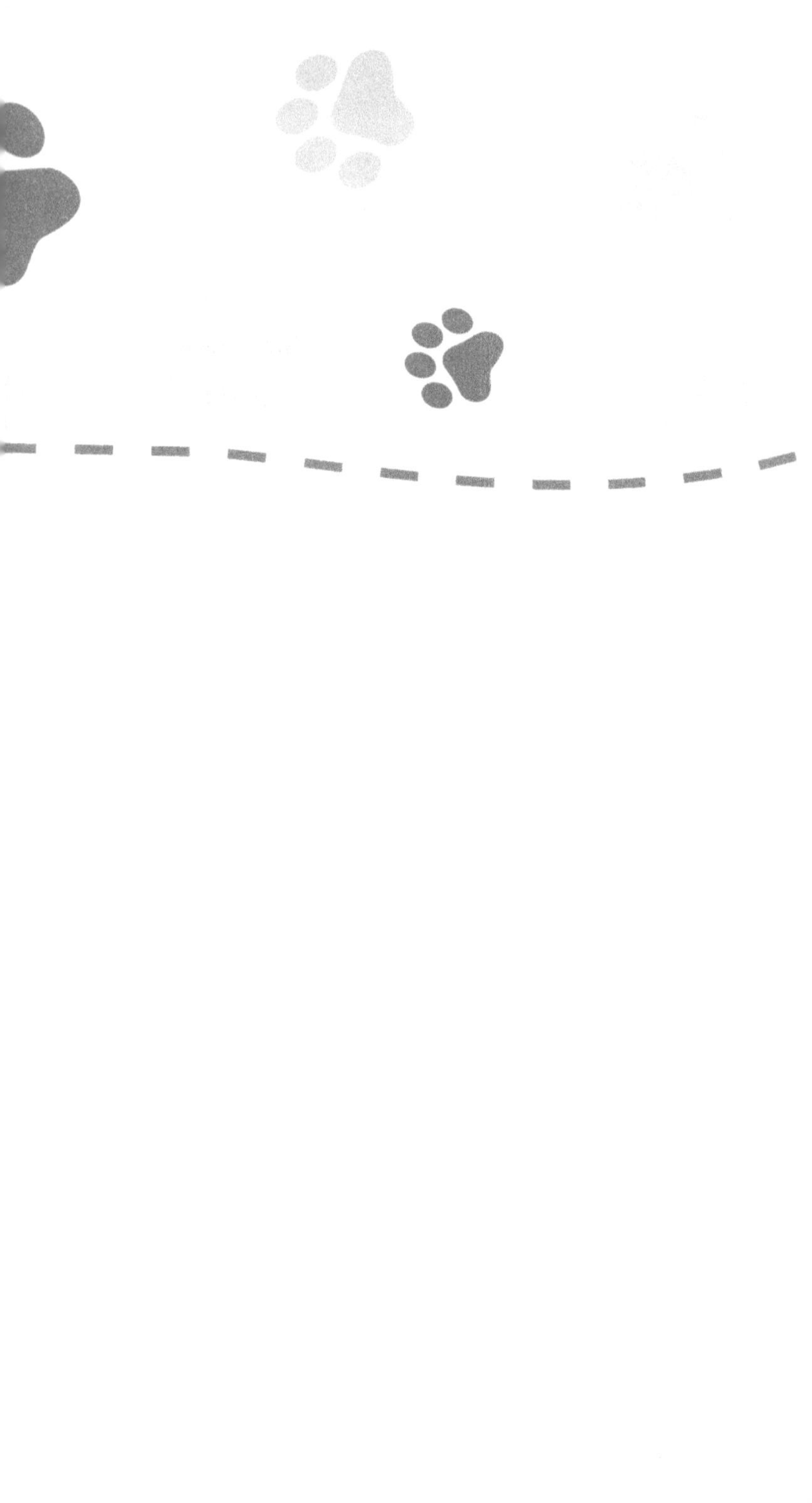

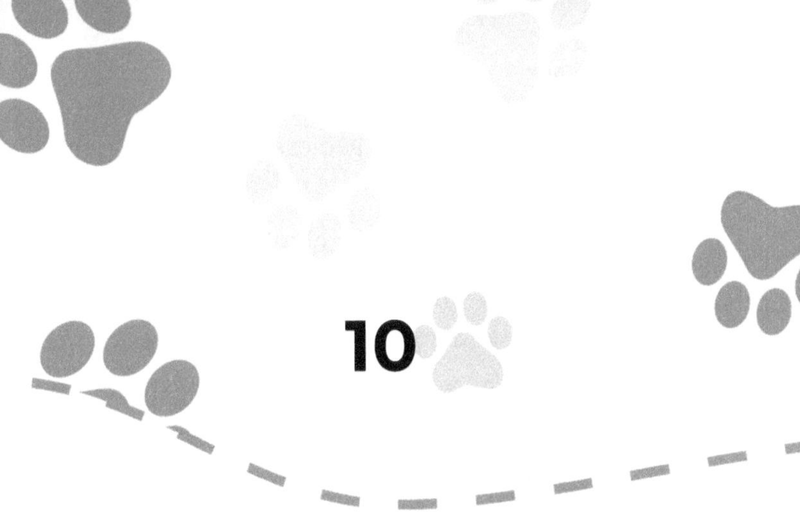

10

„Hast du deine Massage genossen?“, erkundigte sich Charles, nachdem Harmony und Stone uns verlassen hatten, damit wir aus unseren Bademänteln wieder in unsere normale Kleidung wechseln konnten.

„Ja“, sagte ich mit entschiedener Stimme und hoffte, er würde mir glauben. Natürlich wusste ich seine Geste zu schätzen, fand es aber leider nicht sehr entspannend, von einem Fremden am ganzen Körper berührt zu werden. Viel lieber würde ich Octocat oder Paisley streicheln, bis all meine Sorgen dahinschmolzen. Oder ein wenig mit meinem neuen Freund kuscheln. Oder mit Grandma eine Zuckerorgie veranstalten.

Im Grunde alles andere, als von einer wütenden

Person namens Harmony gepiesackt und durchge-
knetet zu werden.

„Du bist solch eine schlechte Lügnerin", erwiderte er schmunzelnd. „Auch wenn ich dich nicht
sehen konnte, ist mir nicht entgangen, dass du die
ganze Zeit über am Rad gedreht hast. Deine
Gedanken galten dem Tierheim, stimmt's?"

Okay, er kannte mich einfach zu gut, aber genau
das machte seinen Charme für mich aus. „Findest du
es nicht auch seltsam, dass die Stadt ihnen die Mittel
kürzt, wenn sie doch ohnehin schon so zu kämpfen
haben?"

„Möglicherweise sind sie nicht die einzige
Einrichtung, die derartige Probleme hat", meinte
Charles. „Im vergangenen Jahr hatten wir eine ziemlich hohe Mordrate. Es könnte gut sein, dass die
Leute wegziehen, Häuser leer stehen und die Verwal-
tung dadurch insgesamt weniger Geld zur Verfügung
hat."

„Kann sein", stimmte ich halbherzig zu. Seine
Logik machte durchaus Sinn, aber mein Bauchgefühl
sagte mir, dass da noch etwas anderes dahinter-
steckte. „Allerdings glaube ich nicht, dass das der
Grund dafür ist. Es scheint mit dem Tierheim selbst
zusammenzuhängen. Irgendetwas ist da faul."

Er ging direkt darauf ein. Mittlerweile hatte er

gelernt, meinen Instinkten zu vertrauen, und unterstützte mich voll und ganz, wenn ich einer Vermutung nachgehen oder sie zumindest intensiv diskutieren wollte. „Und du glaubst, diese Frau, die wir gesehen haben, ... Trish ... hat etwas damit zu tun?"

„Davon bin ich überzeugt." Ich drehte mich versehentlich um, bevor Charles sich fertig angezogen hatte, und erhaschte einen Blick auf seinen nackten Beine und Brust. „Oh, tut mir leid."

„Kein Problem. Ich bin nicht annähernd so schüchtern wie du."

Ich wartete auf das spezielle Geräusch, das mir verriet, dass er den Reißverschluss seiner Hose hochgezogen hatte, bevor ich mich erneut zu ihm umwandte.

Sofort bemerkte ich seinen ernsten Gesichtsausdruck. „Allerdings mache ich mir Sorgen um dich. Wirst du zumindest dieses Mal vorsichtiger sein, bevor du dich wieder in eine potenziell gefährliche Situation begibst?"

Ich schüttelte den Kopf und stieß ein sarkastisches Schnauben aus. „Ich bin immer vorsichtig."

Charles lachte so heftig, dass er husten musste. „Na ja, wir wissen doch beide, dass dem nicht so ist. Also nochmals: Kannst du wenigstens ein bisschen umsichtiger an die Sache rangehen als üblicherweise?"

„Ja, schon gut", willigte ich ein und ließ zu, dass er seine Arme um mich schlang. „Obwohl dir ja sicher klar ist, dass ich nicht mehr für deine Kanzlei arbeite, also bist du auch nicht mehr mein Boss."

„Ja, aber du bedeutest mir jetzt mehr denn je. Glaubst du wirklich, ich würde dich nur warnen, weil ich dein Chef bin? Autsch, das tut weh."

„Nein, bitte entschuldige. Du hast völlig recht. Sonst noch irgendwelche Forderungen, mein Angebeteter?"

„Jetzt, wo du es ansprichst ..." Er gab mir zuerst ein Küsschen auf die Stirn, dann auf die Nase, und endete schließlich mit einem innigen Kuss auf meinen Lippen. „Ich hätte da noch eine winzige Bitte."

Noch bevor er mehr sagen konnte, wusste ich bereits, dass ich ihm jeden Wunsch erfüllen würde. In seinen Händen schmolz ich dahin wie Butter.

„Lass mich kurz beim Rathaus vorbeischauen, um zu sehen, was ich über diese angeblichen Budgetkürzungen herausfinden kann. Sobald das erledigt ist, kannst du nach Herzenslust weiter nachforschen."

„In Ordnung." Ich zog sein Gesicht zu mir herab

und gab ihm meinerseits einen leidenschaftlichen Kuss.

„Wofür war der denn?", fragte er lächelnd, nachdem wir uns voneinander gelöst hatten.

„Dafür, dass du versucht hast, mich aufzumuntern, und es dir tatsächlich gelungen ist."

„Willst du damit ausdrücken, dass ich für dieses schicke Pärchendings ein kleines Vermögen bezahlt habe, obwohl ich eigentlich nur mit meinem Anwaltsausweis hätte herumwedeln müssen?"

Wir kicherten beide und küssten uns erneut. Selbst wenn ich das jeden Tag für den Rest meines Lebens tun sollte, bekäme ich wahrscheinlich nie genug von ihm.

Leider hatten wir aber noch etwas zu erledigen; also schob ich ihn widerstrebend von mir. „Jetzt dreh dich bitte mal mit dem Gesicht zur Wand, damit ich mich ebenfalls in Ruhe anziehen kann", bat ich ihn, froh darüber, diese ganze Erfahrung hinter mir lassen zu können und in die reale Welt zurückkehren zu dürfen – eine Welt, in der die Leute vernünftige Vornamen hatten und mit ihrer echten Stimme sprachen.

Auf nimmer Wiedersehen, Serenity ...

Geheimnisvolles Tierheim, wir kommen.

* * *

Ich kehrte nach Hause zurück und fand etwas vor, das man nur als Kriegsgebiet bezeichnen könnte. Großmutter hatte ihr pinkfarbenes Hundemama-T-Shirt um eine pinke Tarnhose ergänzt, und sogar ihre entzückende Gefährtin Paisley war kostümiert worden. Das zitternde Fellknäuel trug jetzt ein Totenkopf-Tanktop mit einer glitzernden rosa Schleife an einer Seite des Schädels.

O Mann …

Im Esszimmer nahm eine riesige Landkarte von Blueberry Bay den größten Teil unseres ohnehin schon ausladenden Tisches ein. Grandma hatte zudem eine Postertafel aufgestellt, und ein ganzes Sortiment Textmarker in allen nur erdenklichen Farben warteten auf ihren Einsatz.

„Was ist denn hier los?", fragte ich, obwohl ich mir nicht sicher war, ob ich die Antwort auch wirklich hören wollte.

Endlich schien sie meine Ankunft bemerkt zu haben, kam quer durch den Raum auf mich zu marschiert und legte mir beide Hände auf die Schultern. „Der Scheck wurde eingelöst", informierte sie mich, und ihre Augen blitzten vor Begeisterung.

Ich runzelte die Stirn. Dies schien mir eine ziemlich übertriebene Reaktion darauf, dass einem Geld abgebucht wurde, aber natürlich war mein Kopf von der Massage noch ziemlich benebelt. Also waren auch meine Synapsen in ihrer Funktion eventuell etwas eingeschränkt.

„Und du hast unser Haus in ein Schlachtfeld verwandelt, weil ...?", hakte ich trotzdem nach.

Sie deutete auf den Laptop, den sie in der äußersten Ecke des Wohnzimmers für ihren gelegentlichen Gebrauch aufgestellt hatte und sagte: „Weißt du noch, wie du mir beigebracht hast, alle meine Rechnungen online zu bezahlen?"

„*Jaaaa?*", antwortete ich gedehnt, nicht sicher, ob mir gefallen würde, worauf sie hinauswollte. Es reichte nun wirklich, wenn ich mich bei der Lösung eines Falles Risiken aussetzte, aber Großmutter wollte ich nicht in Gefahr bringen.

„Schau dir das an." Sie drückte mir einen Ausdruck in die Hand.

Obwohl das Bild grobkörnig war, konnte ich deutlich ihre Unterschrift auf dem Scheck von vorhin ausmachen. Auch die Signatur und der Stempel der First Bank of Blueberry Bay war zu erkennen.

„Achte auf die Adresse", drängte mich Grandma mit einem eifrigen Lächeln.

„Dewdrop Springs", las ich laut vor. „Hmm, aber

warum sollte das Tierheim von Glendale ausgerechnet in Dewdrop Springs Schecks einlösen?"

„Das hatte ich gehofft, von dir zu erfahren. Immerhin warst du ja gerade erst dort." Sie schnappte sich den Bogen erneut und wartete auf meine Erklärung.

Ich hatte zwar nicht die Antworten, die sie sich erhoffte, aber immerhin ein paar Informationen, die uns weiterhelfen könnten. Jetzt war ich an der Reihe, eine große Enthüllung zu machen, und ich genoss meinen Auftritt. „Wo du es gerade erwähnst – Charles und ich haben Trish bei der Massage getroffen. Glaubst du, dass sie diejenige war, die den Scheck eingelöst hat?"

Wir studierten beide das unleserliche Gekritzel, das die Unterschrift darstellte, aber da wir Trishs Nachnamen nicht kannten, war das ein Ding der Unmöglichkeit.

„Seltsam", sagte ich schließlich.

„Definitiv seltsam", stimmte Grandma mir nickend zu.

„Und was hat all dies hier zu bedeuten?" Ich zeigte auf das heillose Chaos, das während meiner kurzen Abwesenheit in unserem normalerweise tadellos aufgeräumten Haus entstanden war.

„Es fällt mir leichter zu denken, wenn ich all

meine Hilfsmittel zur Hand habe", antwortete sie achselzuckend.

Diese Aussage entlockte mir ein Schmunzeln. „Und woran bitte hast du gedacht?"

„Dass wir diesem Tierheim genauer auf den Zahn fühlen müssen", kam es wie aus der Pistole geschossen.

„Ja, dieses Gefühl habe ich irgendwie auch. Aber lass mich dich auf den neuesten Stand bringen, was ich heute Abend herausgefunden habe."

„Ausgezeichnet, aber zuerst einmal einen Tee", beschloss sie.

Eine muntere Paisley im Schlepptau, eilte sie hinüber in die Küche. Gleich darauf vernahm ich, wie sie ein scharfes Keuchen ausstieß. „Oje. Ich befürchte, es gab einen erneuten Überfall."

Ich rannte ihr hinterher und entdeckte ein paar Kaffeetassen, die zerschmettert auf dem harten Boden lagen.

Was zum Teufel …?

Wer zerstörte bitte unsere ganzen Sachen?

Und wie kam es, dass Großmutter im Zimmer nebenan all den Krach nicht mitbekommen hatte?

Seufz.

Scheinbar galt es mehr als nur ein Rätsel zu lösen.

11

Trotz meiner nagenden Abneigung gegen Harmony musste ich zugeben, dass sie eine Sache ausgezeichnet hinbekommen hatte: In dieser Nacht schlief ich wie ein Murmeltier. Vielleicht lag es an der Massage, vielleicht aber auch an der Tatsache, dass ich beschloss, meiner wütenden Katze nicht länger aus dem Weg zu gehen und von daher tatsächlich wieder in meinem eigenen Bett genächtigt hatte.

Auch wenn ich Octocat vor dem Einschlafen nicht zu Gesicht bekommen hatte, war mir klar, dass er noch immer irgendwo in meinem Turmzimmer stecken musste. Es interessierte mich im Moment aber nicht sonderlich. Seine Trotzanfälle standen mir bis obenhin. Entweder er lernte, mit Paisley auszukommen, oder er konnte sich bis zum Ende seiner Tage freiwillig hier verkriechen.

Natürlich hoffte ich, dass es nicht so weit kommen würde, andererseits hatte er mir klar zu verstehen gegeben, dass er, was unser neues vierbeiniges Familienmitglied anbelangte, nicht zu Verhandlungen bereit war.

Nach dem anstrengenden Tag gestern wachte ich an diesem Morgen erst durch mein wütend klingelndes Handy auf.

„Bäh, wie spät ist es denn?", stöhnte ich ins Telefon, anstatt mich mit einem anständigen *Hallo* zu melden.

Am anderen Ende der Leitung ertönte Charles' Lachen. „Aufwachen, Dornröschen. Dein Märchenprinz hat Neuigkeiten!"

„Dornröschen hat Prinz Phillip", korrigierte ich ihn und wischte mir den Schlaf aus den Augen.

„Und du Prinz Charles, oder, *hmm,* vielleicht auch nicht." Er kicherte leise vor sich hin, aber ich war noch zu groggy, um mit einzustimmen.

„Wie auch immer, ich habe Neuigkeiten", wiederholte er seine Worte. „Und übrigens ist es fast zehn Uhr. Du solltest langsam mal aus den Federn kriechen und in die Gänge kommen."

Ich stöhnte erneut, was meinen Freund nur noch

mehr zum Lachen brachte. „Also, was gibt es?", fragte ich und suchte auf meinem Nachttisch nach den Multivitamin-Drops, die ich jeden Morgen zu mir nahm.

„Wie versprochen habe ich den heutigen Tag mit einem Besuch im Rathaus gestartet. Man kann wirklich viel in Erfahrung bringen, wenn man die richtigen Leute kennt, nur mal nebenbei bemerkt." Er schien sehr stolz auf sich zu sein. Bedeutete das, dass er etwas Gutes herausgefunden hatte? Etwas, das Großmutter und mir helfen würde herauszukriegen, was zum Teufel in diesem Tierheim vor sich ging?

„Und das wäre?", fragte ich grinsend, bevor ich mir die klebrig-süßen Vitamine in den Mund stopfte.

Er sog die Luft durch die Zähne ein und erklärte dann: „Dass die Mittel für das Tierheim nicht gekürzt wurden, wie Stone uns weismachen wollte. Tatsächlich sind sie Jahr für Jahr über die Inflation hinaus sogar erhöht worden."

Ich gähnte und versuchte mein Bestes, mich erneut zu konzentrieren. Für Worte wie *Inflation* war es definitiv noch zu früh. „Und das bedeutet?", hakte ich nach und konnte mir nur zu gut vorstellen, wie dumm meine Fragen in Charles' Anwaltsohren klingen mussten. Zugegeben, meine sieben Associate Degrees waren zwar nicht schlecht, aber auch nicht annähernd so beeindruckend wie sein abgeschlossenes Jurastudium.

Er atmete tief durch und klärte mich auf: „Das heißt, dass es nicht an der Förderung liegen kann, wenn das Tierheim Geldprobleme hat."

„Hältst du es für möglich, dass jemand dort Geld abzweigt?", fragte ich. Angesichts der Menge an Beweisen, die sich seit vorgestern auftürmten, erschien eine andere Variante kaum denkbar.

„Ein Unternehmen – oder in diesem Fall eine gemeinnützige Organisation – zu bestehlen, nennt man *Unterschlagung*. Und, ja, die Möglichkeit besteht offensichtlich." Die Tatsache, dass Charles in den vollen Anwaltsmodus geschaltet hatte, machte mir deutlich, dass, was auch immer hier vor sich ging, sehr, sehr illegal sein musste. Ich hoffte aufrichtig, dass der Schuldige nicht nur erwischt, sondern sich auch in vollem Umfang dafür verantwortlich machen müsste.

Eine unbändige Wut schoss mir durch die Adern und weckte mich effektiver auf, als jegliche Form von Koffein es je vermocht hätte. „Aber es geht ja nicht nur ums Geld", wandte ich ein, „sondern vor allem um das Leben dieser Tiere! Man hat sie jetzt schon zu dritt in einem Käfig zusammengepfercht ... Was passiert, wenn das Tierheim geschlossen werden muss?“

„Vielleicht würde ein anderes Heim sie aufnehmen.“ Charles’ geflüsterte Worte verrieten seine wahre Überzeugung. Er fühlte sich in dieser Situation genauso hilflos wie ich, und es brachte niemandem etwas, wenn wir um den heißen Brei herumredeten.

„Oder man würde sie alle auf die Straße setzen. Oder schlimmer noch: ein-ein-einschläfern.“ Bei seinem letzten Wort erschauderte ich, bedeutete es doch eine der schlimmsten Szenarien, die ich mir vorstellen konnte. Diese armen, süßen Geschöpfe.

„Aber das wird nicht passieren“, versicherte er mir. Seine Stimme klang jetzt kräftiger, überzeugender.

„Wie kannst du das mit Sicherheit wissen?“ Heiße Tränen stiegen mir in die Augen, aber ich unterdrückte sie. Ich musste mich an meiner Wut festhalten. Wut half mir, die Dinge entschlossener anzugehen.

„Weil ich dich kenne und weiß, dass du das nie zulassen würdest.“

„Ich muss los“, murmelte ich ins Telefon, schon auf halbem Weg zu meinem Schrank, um mir eilig ein paar Klamotten überzuwerfen.

„Das war mir klar", sagte Charles, und ich konnte das Lächeln in seinen Worten hören. „Pass auf dich auf und ruf mich an, wenn du etwas brauchst. Verstanden?"

„Verstanden", sagte ich und drückte auf die rote Taste, um den Anruf zu beenden.

Noch nie war ich so entschlossen gewesen, einen Fall zu lösen – und zwar schnellstens. Dutzende von Leben hingen davon ab.

* * *

Als ich in meinem hastig zusammengestellten Outfit die Treppe hinuntergestürmt kam, stand Großmutter bereits fertig angezogen an der Haustür. „Na endlich", stieß sie verärgert hervor. „Miss Paisley und ich warten bereits den ganzen Morgen auf dich."

„Hallo, Mami!", jubelte der kleine Chihuahua und wackelte vergnügt mit dem Hinterteil. „Wir machen einen Ausflug mit dem Auto!"

„Zum Tierheim?", fragte ich, nur um sicherzugehen.

„Zum Tierheim!" Grandma stieß einen Schlachtruf aus, riss die Tür auf und wir drei zogen los in den Kampf.

Diesmal nahmen wir Nans kleinen roten Sportwagen und nicht meine alte Klapperkiste. „Wir werden ihnen irgendwie stecken, dass wir Geld haben und uns nicht scheuen, es zu nutzen und auszugeben", erklärte sie mir.

„Das ist der komplette Plan?", wunderte ich mich laut. Wieder einmal machte ich mir Sorgen, dass sie eine durchaus komplexe Situation nur durch ihre rosarote Brille sah. Die Welt im Kopf meiner Großmutter und die Welt, wie sie tatsächlich existierte, stimmten nicht immer exakt überein.

Sie warf mir einen warnenden Blick zu, während sie den Schlüssel im Zündschloss drehte. „Natürlich nicht!"

„Dann klär mich doch bitte mal auf."

„Das wirst du schon sehen, wenn wir dort sind", entgegnete sie augenzwinkernd und drückte dann kräftig aufs Gaspedal.

Also gut. Was auch immer als Nächstes passieren würde – ich war bereit dafür. Allerdings hoffte ich, dass Trish heute Morgen nicht anwesend sein würde; andernfalls würde Grandmas Lügengerüst – Rentnerin mit kleinem Einkommen –, das sie gestern Abend konstruiert hatte, in sich zusammenstürzen, wenn sie in einem teuren Sportwagen vorfuhr. Aber es schien unwahrscheinlich, dass wir ihr erneut begegnen könnten. Immerhin hatte Paisley ja Stein und Bein geschworen, die mysteriöse freiwillige Helferin noch nie in ihrem ganzen Leben gesehen zu haben.

Aber trotzdem fragte ich mich …

Wir erreichten unser Ziel innerhalb kürzester Zeit, dank Großmutters Vorliebe, stets mindestens zehn Stundenkilometer über dem Tempolimit zu fahren. Und es war auch nicht die Blondine, sondern Pearl – die freundliche ältere Ehrenamtliche, die ich gestern getroffen hatte, als ich allein herkam –, die uns jetzt begrüßte.

„Schon wieder da?", fragte sie und lächelte warmherzig. Ich brauchte einen Moment, um zu erkennen, dass ihr Lächeln nicht mir galt, sondern Grandma.

„Sie kennen mich doch", säuselte diese als Antwort. „Ich kann einfach nicht wegbleiben."

Dann machte sie eine knappe Kopfbewegung in meine Richtung, schaute aber weiterhin die Frau vor sich an. „Das ist meine Enkelin, Angie, und Ms. Paisley kennen Sie ja bereits."

Paisley bellte zur Bestätigung, und ich nickte nur dümmlich und zwang mich ebenfalls zu einem Grinsen.

„Hallo, Angie", antwortete diese mit einem leeren Blick in meine Richtung. Konnte sie sich denn nicht daran erinnern, dass ich gestern erst da gewesen war? „Also, was kann ich für Sie tun, Großmütterchen?"

Ich fand es geradezu urkomisch, dass sie Grandma mit *Großmütterchen* ansprach, schaffte es dann aber doch irgendwie, während der gesamten Unterhaltung keine Miene zu verziehen.

Grandma legte eine Hand auf ihr Herz und seufzte. „Ich konnte nicht aufhören, über diese armen Tiere und die Probleme hier nachzudenken."

„Ach, machen Sie sich um uns keine Sorgen", antwortete Pearl mit einem traurigen Kopfschütteln, „wir finden schon einen Weg. Das ist uns bisher immer gelungen."

„Aber es muss doch etwas geben, was ich tun kann!"

Die Frau erhob sich schwerfällig und legte ihr beschwichtigend eine Hand auf den Arm. „Ich verspreche Ihnen, dass wir alles tun werden, was in unserer Macht steht. Es ist nur so, dass uns die finanziellen Mittel gekürzt wurden und wir noch nicht wissen, wie wir mit den neuen Budgetvorgaben zurechtkommen sollen."

Grandma kaute auf ihrer Lippe herum. Ob sie ehrlich entmutigt war oder einfach nur eine gute

Show abzog, konnte selbst ich nicht mit Sicherheit sagen.

„Ich verstehe", murmelte sie, „aber – hey, ich hab's!"

Sowohl die Helferin als auch ich waren begierig zu hören, was sie zu sagen hatte, aber natürlich ließ sie uns erst einmal zappeln, um die Spannung zu steigern.

„Und? Was ist denn nun Ihre großartige Idee?", drängte Pearl.

Großmutter bedachte uns mit einem breiten Grinsen, bevor sie damit herausrückte. „Wie wäre es, wenn ich eine große Spendenaktion zur Rettung des Tierheims organisieren würde?"

„Wir sind Gott sei Dank noch nicht an dem Punkt, an dem wir gerettet werden müssten, aber Sie haben das Herz wirklich am rechten Fleck. Ich bringe Sie zu Mr. Leavitt, damit Sie beide ..." Sie hielt inne und blickte mit einem nervösen Lächeln zu mir herüber ... „Ich meine, Sie drei, das alles unter sechs Augen besprechen können."

Großmutter nickte zustimmend. „Danke, meine Liebe, das wäre sehr freundlich von Ihnen."

Die Frau lächelte und geleitete uns zur Tür, die zu den hinteren Räumen des Tierheims führte. Als wir ihr durch den langen Gang mit den Zwingern folgten, nahm Grandma meine Hand in die ihre und drückte sie. Ich hatte nach wie vor nicht die geringste Ahnung, welchen Plan sie verfolgte, aber zumindest schien es so, als würden wir vorankommen.

Blieb nur zu hoffen, dass es so weiterging …

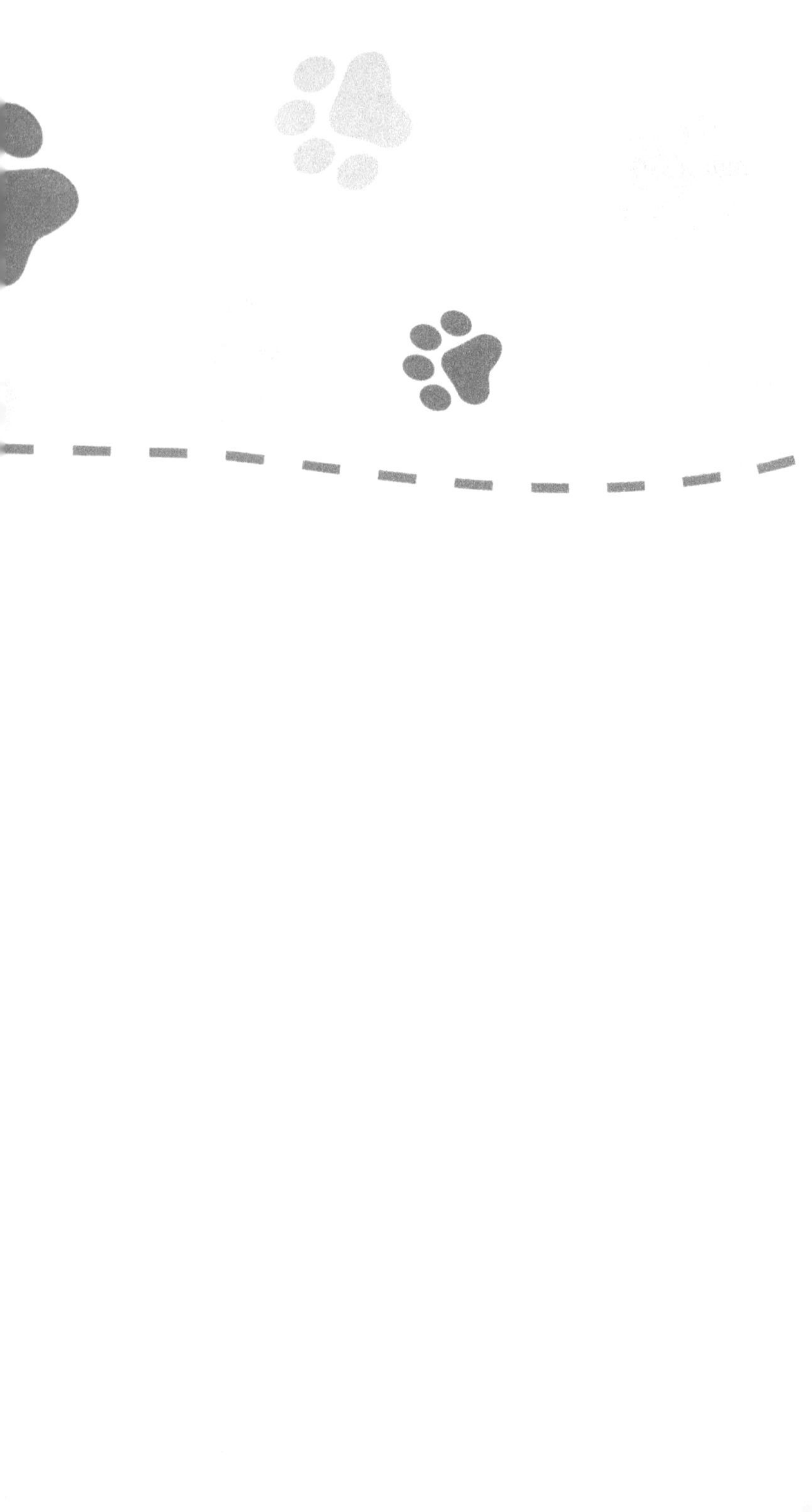

12

n seinem Büro begrüßte Mr. Leavitt Großmutter, Paisley und mich mit einem breiten Lächeln. Und im Gegensatz zu Pearl erinnerte *er* sich sehr wohl daran, dass ich am Vortag schon einmal da gewesen war.

„Willkommen zurück, Angie", sagte er und klopfte mir wohlwollend auf die Schulter, kaum dass ich eingetreten war. „So langsam glaube ich, dass Sie unser persönlicher Tierheim-Schutzengel sind. Nicht nur, dass Sie uns gestern so großzügig unterstützt haben, heute tauchen Sie schon wieder auf und bringen sogar eine weitere Spenderin mit. Bitte, nehmen Sie doch beide Platz."

Ach ja richtig. Ich hatte ihm einen Scheck gegeben. War das wirklich gerade mal vierundzwanzig

Stunden her? Und ob der wohl zur gleichen Zeit und am gleichen Ort wie der von Grandma eingelöst worden war? In dieser kurzen Zeitspanne war so viel passiert, dass ich komplett vergessen hatte, das zu überprüfen.

„Ich kann noch viel mehr tun, als nur einen Scheck auszustellen", sagte Großmutter und ließ sich auf einen der Stühle sinken, die seinem Schreibtisch gegenüberstanden. „Ich werde eine Spendenaktion ins Leben rufen, damit unserer Finanzspritze noch viele weitere folgen. Was halten Sie davon?"

In Anbetracht der Aussicht auf den Geldsegen riss Mr. Leavitt die Augen auf. „Das hört sich fantastisch an", meinte er begeistert. „Also sagen Sie mir: Was kann ich tun, um Sie dabei zu unterstützen?"

„Ich bin froh, dass Sie gefragt haben", gluckste Großmutter. „Ich werde nicht viel Unterstützung brauchen, keine Sorge, außer etwas Zeit, um mich mit der Einrichtung und den Tieren, die hier leben, vertraut zu machen. Das wird mir helfen sicherzustellen, dass ich die richtige Art von Spendenaktion plane. Warum sollte man einen Kuchenbasar veranstalten, wenn eine Gala wesentlich effektiver wäre?"

„Wie wahr, wie wahr", stimmte er ihr kopfnickend zu, und seine Augen wurden noch größer. „Es wäre mir ein Vergnügen, Sie durch unsere Einrichtung zu führen. Wenn Sie mir nur einen Moment Zeit geben, um ein paar Dinge fertigzumachen, stehe ich Ihnen ..."

„Ehrlich gesagt", unterbrach Grandma ihn, „würde ich gerne erst einmal ein wenig allein herumlaufen. Sie verstehen das sicherlich. Anstatt mir einen Vortrag über diesen Ort anzuhören, möchte ich ihn fühlen." Sie schlug die Beine übereinander, setzte sich noch gerader hin und sprach fast schon in einem Befehlston auf ihn ein.

Und zog Mr. Leavitt damit direkt in ihren Bann „Oh, natürlich. Wenn Sie etwas brauchen sollten ..."

„Dann weiß ich, wo ich Sie finden kann, vielen Dank", beendete sie das Gespräch, erhob sich und ging hinaus, ohne darauf zu warten, dass Paisley und ich ihr folgten.

Ich musste mich richtig bemühen, um sie wieder einzuholen. „Und was jetzt?", flüsterte ich, als sie selbstbewusst durch die langen Reihen mit Zwingern schritt.

„Jetzt werden wir uns mit einigen der Tiere unterhalten und sehen, was sie zu sagen haben." *Wir.* Ja, klar. Also ich sollte mich wieder einmal um Kopf und Kragen reden.

„Aber was, wenn uns jemand dabei erwischt?" fragte ich ängstlich und fügte in Gedanken hinzu:

Was, wenn sie unseren Verdacht mitbekommen und beschließen, uns unschädlich zu machen, uns zum Schweigen zu bringen? Das war schon einmal passiert und könnte sich jederzeit wiederholen. Während meiner monatelangen Detektivarbeit hatte ich am eigenen Leib erfahren müssen, dass Kriminelle es hassten, wenn man ihnen auf die Schliche kam. Logisch.

Großmutter jedoch schien nicht im Geringsten besorgt. „Ich werde Schmiere stehen, und wenn uns jemand ertappt, kannst du einfach so tun, als würdest du mit mir oder Paisley reden", erklärte sie mit sachlicher Miene. „Aber beeile dich. So eine Chance bietet sich uns kein zweites Mal."

Ach ja, Paisley.

Ich vermisste Octocat, meinen Watson, an meiner Seite.

Sicherlich, die kleine Hündin war nett und bemüht, aber ich wusste immer noch nicht, wie viel sie tatsächlich von dem Geheimnis verstanden hatte, das wir aufdecken wollten.

Vielleicht war es an der Zeit, das herauszufinden.

„Hey, Paisley", gurrte ich und nahm sie auf den Arm, „Willst du mir bei einem kleinen Spiel helfen?"

„Ein Spiel!", bellte der Chihuahua begeistert. „So

wie Fangen? Oder Weglaufen? Oder eine Katze jagen? Ja! Das mache ich gerne!"

„Nicht ganz", sagte ich und biss mir kurz auf die Lippe, während ich nach den richtigen Worten suchte. „Wie spielen *Detektiv*. Dabei versuchen wir, ein Geheimnis herauszufinden."

Paisley verzog ihr Gesicht, sodass einer ihrer unteren Eckzähne über ihre Oberlippe ragte. Sie sah unglaublich niedlich aus, als sie sagte: „Ich habe aber keine Geheimnisse. Darf ich trotzdem mitmachen?"

„Natürlich darfst du das", versicherte ich ihr. „Eigentlich wissen wir sogar schon, was das Geheimnis ist, allerdings noch nicht, wer genau dahintersteckt. Meinst du, du kannst mir helfen, das herauszufinden?"

„Ich werde mein Bestes geben, Mami!", versprach sie und zitterte vor Vorfreude.

„Prima, das ist die richtige Einstellung!" Ich gab ihr einen feuchten Schmatzer auf die Stirn und kraulte sie begeistert zwischen den Ohren. „Okay, es geht um Folgendes: Jemand stiehlt Geld aus dem Tierheim, und wir wollen herausfinden, wer diese Person ist."

„Was ist denn Geld?", fragte Paisley und legte interessiert den Kopf schief.

„Vergiss es", machte ich schnell einen Rückzieher.

„Was ich sagen wollte, ist, dass jemand im Tierheim sehr böse ist, und wir müssen herausfinden, wer."

„*Hmm*", überlegte sie, wobei ihre Ohren wie Mini-Radarschüsseln rotierten. „Ich wette, es war eine Katze! Wenn so etwas passiert, steckt meist eine Katze dahinter."

Ihre Erklärung brachte mich zum Lachen. „Eigentlich bin ich mir ziemlich sicher, dass dieses Mal ein Mensch dafür verantwortlich ist."

Der kleine Hund wimmerte. „Aber die Menschen hier sind doch alle so nett", meinte sie. „Sie füttern uns, gehen mit uns Gassi, spielen mit uns und helfen uns, ein Zuhause zu finden. Keiner hier ist böse, und *sehr* böse schon gleich gar nicht." Bei diesem Gedanken erschauderte sie sogar.

Oh, liebe, süße, kleine Paisley.

Sie sah wirklich in jedem nur das Beste, sogar in dem Kater zu Hause, der ihr angedroht hatte, sie zu töten, und in den Mitarbeitern, die den bedürftigen Tieren die nötigen Mittel stahlen. So gerne ich ihre Hilfe auch in Anspruch genommen hätte, so sehr bezweifelte ich auch, dass ich sie dazu bringen könnte, die Wahrheit zu erkennen – selbst wenn diese sich direkt vor ihren Augen befände.

„Okay, wir machen es folgendermaßen", änderte ich meine Taktik. „Du leistest Grandma Gesellschaft, und ich rede mal mit ein paar deiner Freunde und schaue, was ich in Erfahrung bringen kann. Klingt das gut?"

„Okay, Mami." Sie wedelte so schnell mit dem Schwanz, dass dieser wie ein Propeller vor meinen Augen verschwamm. Wie konnte man nur so glücklich sein!

Ich setzte sie wieder ab, und sie rannte sofort zu Großmutter hinüber, streckte ihre winzigen Pfoten in die Luft und bettelte darum, auf den Arm genommen und geknuddelt zu werden. „Haltet die Augen offen", murmelte ich noch und marschierte dann zum letzten Käfig am äußersten Ende des Raumes. Dieses Mal würde ich meine Ermittlungen strukturiert angehen.

Ein riesiger, faltiger Hund starrte mit traurigem Blick zu mir hoch. An seiner Seite saß ein wesentlich kleinerer Mischling, der anscheinend nicht viel anderes zu tun hatte, als an einer seiner Hinterpfoten zu kauen.

„Hey, ihr da", sprach ich sie bemüht fröhlich an, obwohl mir die Traurigkeit, die von diesem Ort ausging, bereits jetzt schon zusetzte. Die beiden schienen zumindest älter und weiser zu sein als Paisley. Vielleicht wäre das von Vorteil. „Mein Name ist Angie, und ich hatte gehofft, ihr könntet mir vielleicht helfen. Ein sehr böser Mensch stiehlt etwas aus dem Tierheim. Habt ihr eine Idee, wer das sein könnte?"

„Alle Menschen hier sind nett", informierte mich der große Hund, ohne zu zögern.

„Ja", fügte der andere hinzu, nach wie vor den Fuß im Maul. „Wenn hier jemand schlecht ist, dann ist es wahrscheinlich eine der Katzen."

„Ah, okay. Vielen Dank für eure Hilfe", entgegnete ich und zwang mich zu einem Lächeln. Obwohl ich gerade erst begonnen hatte zu recherchieren, war jetzt schon klar, dass ich von den Hunden nicht viel erfahren würde. Dennoch unterhielt ich mich noch mit ein paar anderen, bevor ich schließlich aufgab und mich, wie vorgeschlagen, auf den Weg zu den Samtpfoten machte.

Deren Bereich war viel kleiner und bot keinerlei Privatsphäre. Ab dem Moment meines Eintritts war jedes Paar Katzenaugen und -ohren auf mich gerichtet.

„Hallo", begrüßte ich sie nervös, obwohl ich mich ja eigentlich für einen Katzenmenschen hielt. Ich liebte Octocat, wenn er nicht unnötig grausam und dramatisch war, aber der Gedanke an zwanzig von seiner Sorte auf einem Haufen machte mir eine Heidenangst. „Mein Name ist Angie, und ich versuche, einen sehr schlechten Menschen zu finden, der hier im Tierheim arbeitet. Kennt ihr …?"

„Schätzchen", unterbrach mich eine flauschige Rassekatze mit einer platten Nase, noch bevor ich den Satz zu Ende sprechen konnte. „Sieh dich doch nur mal um. Alle Menschen sind schlecht."

„Genau. Sie würden im Chaos versinken, wenn wir nicht ein Auge auf die Dinge hätten", stimmte ihm ein rötlicher Tiger mit wütendem Gesichtsausdruck zu.

Kein Wunder, dass Katzen und Hunde einander so wenig leiden konnten. Sie waren so unterschiedlich, wie zwei Gattungen es nur sein konnten. Immerhin vertrauten sie nicht blindlings den Motiven der anderen. Vielleicht konnte ich doch noch was aus ihnen herauskitzeln, wenn ich die richtigen Fragen stellte.

Also räusperte ich mich und versuchte es erneut. „Gibt es vielleicht einen Menschen, der schlimmer ist als die anderen? Vielleicht jemand, der Geld aus dem Tierheim klaut?"

„Das ist so, als ob man herausfinden wollte, ob einer der Grashalme grüner ist als der Rest", meldete sich die Katze mit dem platten Gesicht erneut zu Wort. „Es gibt einfach so viele von ihnen, und außerdem sind sie alle grün."

Ihre Kumpels in den anderen Käfigen miauten zustimmend, und ich gab es auf, über die Bewohner des Tierheims irgendwelche brauchbaren Informationen zu erhalten.

Es war an der Zeit, die Dinge anders anzugehen ...

Leider hatte ich keine Ahnung wie.

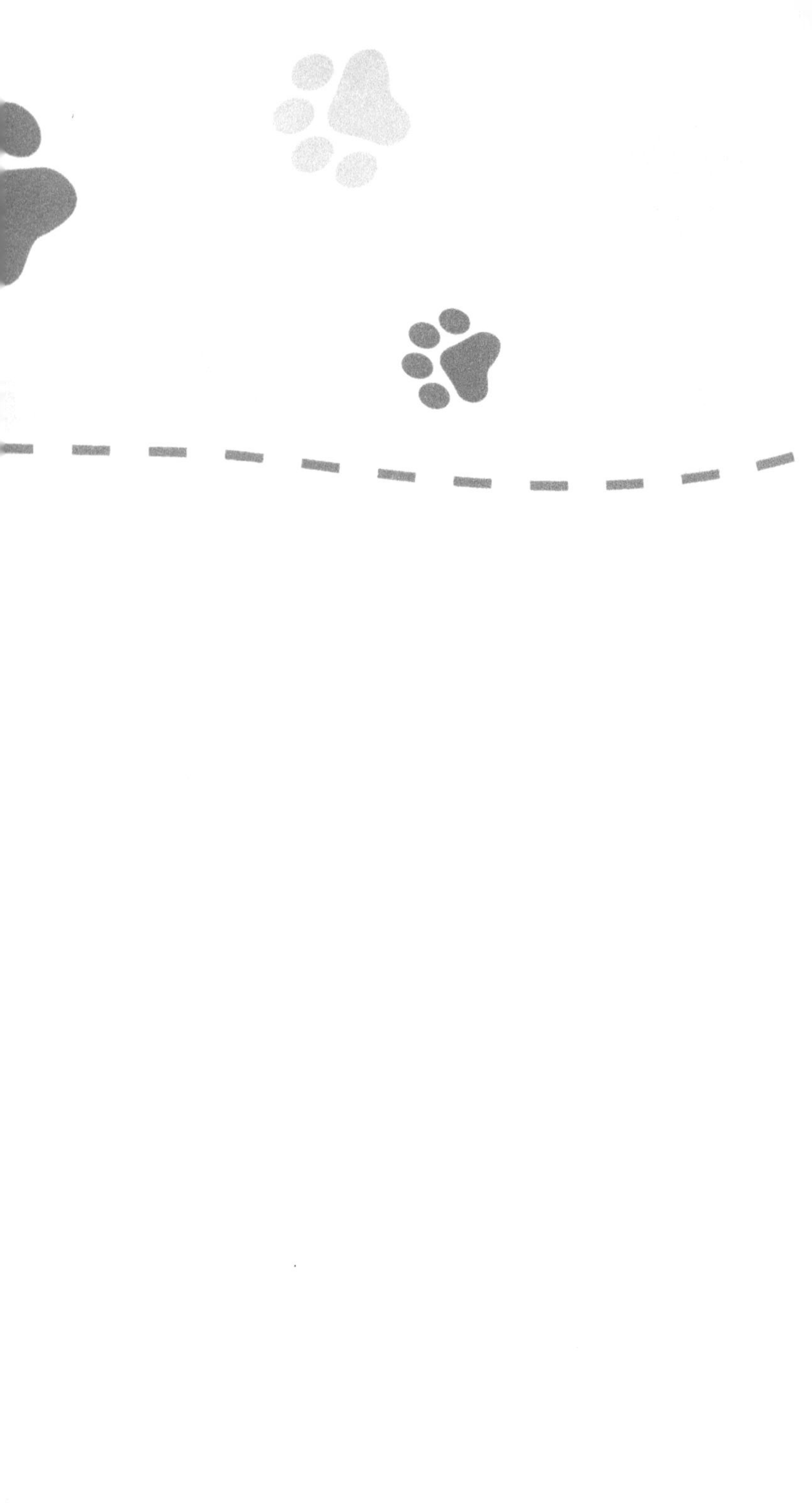

13

Als wir zurück nach Hause kamen, saß Octocat im Wohnzimmer und wartete auf uns. Ich hatte die Schlafzimmertür bewusst offengelassen, nur für den Fall, dass er einen Tapetenwechsel brauchte, jedoch nicht wirklich damit gerechnet, dass er dies ausnutzen würde.

Glücklicherweise hielt Großmutter Paisley fest in ihren Armen, so dass diese nicht in Versuchung kommen konnte, erneut zu dem launischen Kater hinzurennen. Konnte und wollte er denn nicht erkennen, wie sehr sie ihn bereits liebte? Wie gerne sie seine Freundin sein wollte?

Seiner gerunzelten Stirn und der angespannten Körperhaltung nach, traf beides nicht zu.

„Sieh mal einer an, welch Glanz in unserer

bescheidenen Hütte", witzelte ich, teils erleichtert, ihn zu sehen, teils besorgt, was er als Nächstes fordern könnte.

„Ha", erwiderte er trocken und fuhr dann fort: „Wie ich sehe, macht ihr mit dieser Hochstaplerin noch immer auf heile Familie."

Okay, also null Fortschritt. „Das hast du völlig richtig erkannt, aber meinst du nicht, es wäre so allmählich an der Zeit, dass du aufhörst zu schmollen und dich wieder unter die Lebenden mischst?"

Hatte ich einen Fehler gemacht, indem ich mich bezüglich seiner exklusiven Wünsche, was Kost und Logis anging, beugte? Bei diesen Dingen war das einfach gewesen, aber jetzt ging es um Leben oder Tod einer kleinen Kreatur. Für mich kam es nicht in Frage, Paisley in das überfüllte Tierheim zurückzuschicken, vor allem, wenn dessen Zukunft so ungewiss war.

Trotzdem war es mir klar, dass es alles andere als einfach sein würde, und mein Herz tat mir weh, als Octocat mit „Schlechtes passiert, wenn gute Katzen schweigen" antwortete.

„Aber genau das ist es doch, was du gerade hier abziehst", protestierte ich. „Du strafst mich mit Schweigen. Hast du nicht selbst langsam die Schnauze voll davon?"

„Hast *du* nicht die Schnauze voll?", raunte er in tiefem, unheilvollem Ton zurück. Irgendwie kamen wir keinen Schritt weiter.

„Mr. Octopus-Katze", quietschte Paisley und lenkte unsere Aufmerksamkeit auf ihre großen schwarzen Augen und ihren winzigen rosa Mund. „Ich weiß, dass du mich nicht magst, aber ich verspreche, dass ich alles tun werde, um die Dinge wieder zu richten. Ich wünsche mir, dass wir Freunde werden."

„Schau doch nur, wie kann man dieses Tierchen nur hassen?", säuselte ich und kraulte sie unter ihrem winzigen, zitternden Kinn.

Als Reaktion darauf begann ihr ganzer Körper zu zucken, und Großmutter verstärkte ihren Griff, um sie nicht fallen zu lassen.

„Nichts leichter als das", zischte mein Kater, den diese Liebesbekundung anscheinend völlig kaltließ. „Sogar eine meiner leichtesten Übungen."

„Freunden sie sich so allmählich an?", wollte Grandma wissen, und ihre Augen funkelten hoffnungsvoll.

„Na ja, nicht wirklich", antwortete ich mit einem Seufzer, „aber trotzdem schon mal ein kleiner Fortschritt."

„Okay, Hund, sag mir", fauchte mein Kater und

erhob sich auf alle vier Pfoten. „Würdest du wirklich *alles* tun, um mich glücklich zu machen?"

„Ja, natürlich", rief Paisley überschwänglich aus und fing erneut an zu zittern. „Alles, was du dir wünscht!"

Ich wartete gespannt auf die große Enthüllung. Würden wir Octocats Forderung erfüllen können? Selbst ich wäre zu allem bereit, um wieder Frieden in unsere gespaltene Familie zu bringen.

Seine großen, bernsteinfarbenen Augen verengten sich, und er sprach sehr, sehr langsam. „Dann lauf weg, weit weg, und komm nie wieder zurück."

Der Chihuahua begann zu wimmern, was unserem teuflischen Katzenoberhaupt ein gemeines Lachen entlockte. „Muss ich das wirklich, Mami?", fragte Paisley, und jedes ihrer Worte war von einem jämmerlichen Jaulen untermalt.

O dieser Kater! Manchmal machte er mich so was von wütend!

„Nein, natürlich nicht. Er ist einfach nur gemein!" Ich warf ihm einen finsteren Blick zu, aber er sah nicht im Geringsten zerknirscht aus.

„Hey, ich weiß eben genau, was ich will." Sein Schwanz schlug wie wild von links nach rechts. „Und auch, was ich nicht will. Der Hund muss weg."

„Halt den Mund, Octocat. Du bist überstimmt

worden", fuhr Großmutter ihn an, obwohl sie die genauen Worte nicht verstanden haben konnte.

Paisley zappelte und leckte ihr die Hände – ob, um ihr Trost zu spenden oder um dem zuzustimmen, was sie zu ihrer Verteidigung gesagt hatte, konnte ich nicht mit Sicherheit sagen.

„Unglaublich", murmelte mein Kater, sprang auf den Boden und schlich davon. Ein paar Augenblicke später hörten wir, wie seine elektronische Katzenklappe sich öffnete und er nach draußen verschwand.

„Bleib am besten so lange weg, bis du deine Einstellung geändert hast!", rief ich ihm noch hinterher.

„Mach dir keine Sorgen um ihn, meine süße Kleine." Grandma küsste den Chihuahua auf den Kopf und setzte ihn dann wieder ab. „Komm, wir machen uns erst mal was zu essen, okay?"

Gemeinsam begaben wir uns in die Küche, wo Großmutter drei Hühnerbrüste aus dem Kühlschrank nahm, um sie zu braten, während ich begann, die Zutaten für einen Caesar Salad zu schnippeln. „Eine davon mache ich für Paisley", erklärte sie mit einem Grinsen.

Oh, das würde der kleine Hund bestimmt zu schätzen wissen.

Wir waren mit den Vorbereitungen für das

Mittagessen fast fertig, als aus dem Eingangsbereich ein lautes Scheppern ertönte. Ich schaute auf meine Füße und musste feststellen, dass die Kleine nicht mehr da war.

„Warum geht in letzter Zeit ständig etwas in die Brüche?", murmelte Grandma, nahm die Pfanne vom Herd und marschierte hinaus, um die Ursache des Krachs zu lokalisieren.

Ich entdeckte das Chaos noch vor ihr. Eine von Ethel Fultons antiken Tiffany-Lampen lag in tausend Scherben auf dem Boden. Ein unbezahlbares Erbstück. *Großartig!*

Direkt daneben kauerte eine heulende Paisley. „Es tut mir so leid", jammerte sie. „Ich weiß überhaupt nicht, wie das passieren konnte. Ich war gerade in Gedanken, und plötzlich – krach!"

„Schon gut, Kleines, wir wissen, dass du es nicht mit Absicht getan hast", beruhigte ich sie, während Großmutter anfing, die Bruchstücke zusammenzukehren.

„Unglaublich", murmelte Octocat und rannte dann die große Treppe hinauf, vermutlich zurück in sein selbst auferlegtes Gefängnis in meinem Turmschlafzimmer.

Komisch, ich hatte gar nicht gehört, dass die elektronische Katzenklappe sich öffnete, obwohl ich quasi direkt danebenstand.

„Könntest du heute Nachmittag für mich auf Paisley aufpassen?", fragte Großmutter, nachdem wir unser Mittagsmahl beendet hatten. „Ich würde sie ja mitnehmen, aber ich habe viele Besorgungen zu erledigen und möchte nicht, dass sie mir flöten geht."

„Klar", antwortete ich geistesabwesend, während ich mich auf dem Handy in meine Banking-App einloggte. Ich musste ein wenig herumklicken, bevor ich fand, wonach ich gesucht hatte. Als die gewünschte Information vor mir aufblinkte, reichte ich Grandma das Telefon und fragte: „Hey, ist das dieselbe Adresse wie auf dem Scheck, den du eingelöst hast?"

Sie studierte einen Moment lang den winzigen Bildschirm, gab es mir dann zurück und kramte auf ihrem Schreibtisch herum, bis sie den Beleg entdeckte, den sie am Abend zuvor ausgedruckt hatte. „Absolut identisch", sagte sie und hielt das Blatt neben das Handy, damit wir beide miteinander vergleichen konnten.

Mein Blick wanderte noch einige Male zwischen

beiden hin und her, bis ich mir absolut sicher war, dass wir hier eine Übereinstimmung gefunden hatten. „Die Unterschrift ist ein klein wenig anders, sieht aber trotzdem so aus, als ob sie zu derselben Person gehört. Ich glaube, sie beginnt mit einem D oder einem O. Schwer zu sagen.“

„Aber so buchstabiert man Trish leider nicht“, erwiderte sie und seufzte auf.

„Leider nicht“, stimmte ich zu und war jetzt noch verwirrter als zuvor. Also loggte ich mich aus der App aus und legte das Telefon beiseite.

„Ich werde darüber nachdenken, während ich unterwegs bin“, versprach Großmutter.

„Was genau hast du eigentlich vor?“ Ich hatte ihr vorhin nur halbherzig zugehört, als sie es erwähnte. Jetzt allerdings war meine Neugier geweckt.

„Mit der Arbeit an der Wohltätigkeitsveranstaltung für das Tierheim zu beginnen, was sonst. Ich habe beschlossen, eine Gala zu veranstalten. Das wird mehr wichtige Leute anlocken als ein Kuchenverkauf oder eine kostenlose Autowäsche.“

„Gute Idee.“ Oder etwa doch nicht? Ich hasste es, ihr zu widersprechen, aber hatte sie die ganze Sache wirklich ausreichend durchdacht, bevor sie sich entschied, sie in die Tat umzusetzen?

„Grandma, so eine Gala erfordert eine Menge

Vorbereitungsarbeit. Was, wenn es, bis du die Planung abgeschlossen hast, für das Tierheim bereits zu spät ist?"

Sie machte eine wegwerfende Handbewegung. „Sei doch nicht schon wieder so negativ und hör auf, an deiner alten Großmutter zu zweifeln. Also, ihr beide, seid schön brav. Zum Abendessen bin ich wieder zurück. *Ciao*."

In der nächsten Minute war sie in ihre Schuhe geschlüpft und zur Tür hinausgeeilt. O Mann, war sie flink! Neben meiner fitten und aktiven Großmutter fühlte ich mich oft wie ein lahmarschiger Trampel. Vielleicht würde ich eines Tages tatsächlich mal etwas dagegen unternehmen –, aber heute war nicht dieser Tag.

„Was möchtest du heute Nachmittag gerne machen?", fragte ich und suchte den Raum nach Paisley ab. Normalerweise klammerte sie sich wie eine Klette an den nächstbesten Menschen, aber im Moment konnte ich sie nirgends entdecken.

„Paisley!", rief ich. „Komm her, Kleine."

„Lieber nicht", kam die gedämpfte Antwort.

Es dauerte ein paar Minuten, aber schließlich fand ich sie unter unserem antiken, viktorianischen Liegesessel versteckt. „Warum so traurig, Schätzchen?" Ich setzte mich auf den harten, unbequemen

Boden und wartete darauf, dass sie sich hervorwagte.

„Die Katze mag mich nicht", schniefte sie unter der alten Couch hervor.

„Ach, mach dir doch keine Gedanken um ihn. Er mag eigentlich niemanden so richtig."

„Aber mich *ganz besonders* nicht! Und im Tierheim konnte ich dir ebenfalls nicht helfen, das Detektivspiel zu gewinnen. Und nun ist auch noch Grandma weggegangen und wollte mich nicht mitnehmen. Was, wenn sie nie wieder zurückkommt?"

Die arme Kleine! Mir brach das Herz, wenn ich sie so sah und nur wenig dagegen tun konnte.

„Du musst nicht weinen, Paze. Du hast bei dem Detektivspiel großartige Arbeit geleistet und – hey –, es ist noch nicht vorbei. Wir können immer noch gewinnen. Und ich verspreche dir, dein Frauchen wird zurückkommen, sobald sie ihre Besorgungen erledigt hat. Wir haben dich doch alle ganz doll lieb."

„Sogar Octopus-Cat?", fragte sie und hob leicht den Kopf.

„Sogar Octocat", versicherte ich ihr lächelnd. „Er weiß es nur noch nicht."

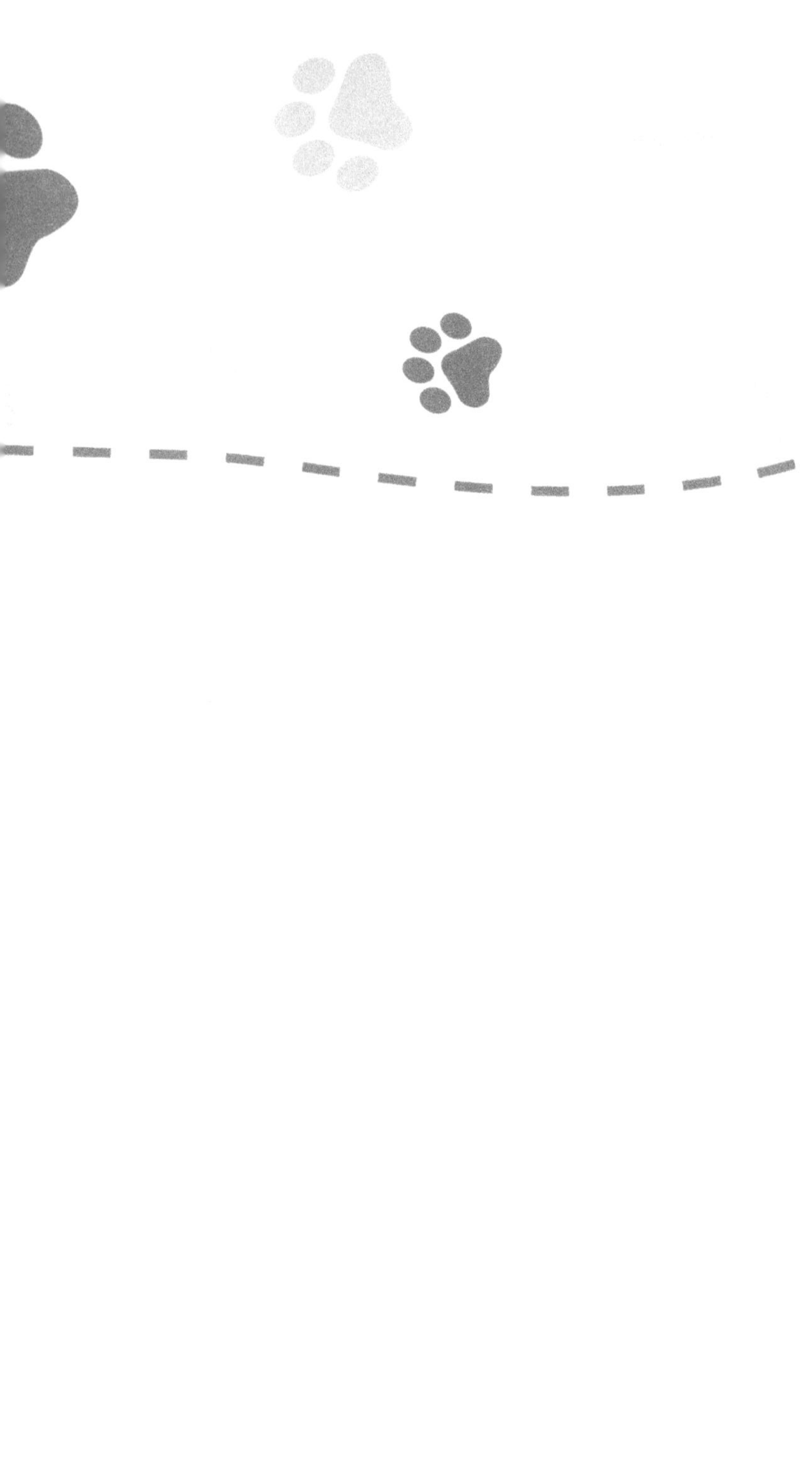

14

D a sowohl Paisley als auch ich etwas frische Luft gebrauchen konnten, leinte ich sie an und fuhr mit ihr ins Ortszentrum, um einen kleinen Schaufensterbummel zu machen.

„Warst du schon einmal hier?", fragte ich meine Hundegefährtin, während wir beide die schmalen Bürgersteige entlangschlenderten, die das Geschäftszentrum unserer kleinen Küstenstadt säumten.

„Nein", erwiderte sie und hocke sich dann neben einen jungen Baum, der gerade anfing, seine Blätter herbstlich zu färben. „Aber es gefällt mir außerordentlich gut. So viele herrliche Gerüche!"

Obwohl ich mir sicher war, dass unsere Definition von *herrlich* nicht die gleiche war, lächelte ich und nickte zustimmend. Paisley war wieder glücklich, und nur das zählte.

„Welches ist denn dein Lieblingsgeruch?", erkundigte ich mich im Plauderton.

„Oh, Pipi natürlich!" Sie quietschte euphorisch und genoss die berauschenden Aromen wie ein Schweinchen, das sich im Dreck suhlt.

Danach stellte ich keine weiteren Fragen mehr. Stattdessen setzten wir beide unseren Weg fort, wobei wir häufig anhielten, damit sie an allem schnuppern konnte, was sie interessierte.

„Oh, hallo Angie!", rief Mr. Gable, der Besitzer des nahegelegenen Juweliergeschäfts, von seinem Platz vor der Tür zu uns herüber, wo er, mit einer dampfenden Tasse Kaffee in der Hand, das Treiben auf der Straße beobachtete. Der alte, weißhaarige Mann war hier in Glendale praktisch eine Institution. Von daher war es auch kein Wunder, dass man ihn kürzlich zum Vorsitzenden des Stadtrats gewählt hatte.

„Hallo, Mr. Gable", antwortete ich und beschleunigte meinen Schritt, um mich zu ihm zu gesellen.

„Ja wer ist denn dieser kleine Kerl hier?" Er beugte sich vorsichtig hinab und ließ Paisley an seinen Händen schnuppern. Bestimmt rochen sie nach Kaffee.

„Das ist Paisley", verkündete ich stolz, „unser neuestes Familienmitglied."

Er lachte gutmütig auf. „Oh, ich wette, die Katze ist darüber nicht sonderlich begeistert."

„Da haben Sie richtig gewettet", antwortete ich und lachte ebenfalls. Hoffentlich würde Mr. Gables wohlgemeinte Bemerkung den Chihuahua nicht wieder in ein nervöses, zitterndes Fellbündel verwandeln.

Der jedoch schien zu sehr von der Liebenswürdigkeit dieses neuen Freundes angetan zu sein, um sich über die Herzlosigkeit der feindseligen Katze zu Hause Gedanken zu machen.

Eine Weile unterhielten wir uns noch über die bevorstehenden Weihnachtsfeiertage. Bis dahin waren es zwar noch gute drei Monate, aber wie man allgemein wusste, begannen die Geschäfte in der Innenstadt bereits direkt nach dem Fest mit der Planung für das kommende Jahr. Der jährliche Weihnachtsmarkt wurde mit jeder Saison größer und prächtiger, und ich war schon unheimlich gespannt, wie er wohl dieses Weihnachten aussehen würde.

Mr. Gable jedoch weigerte sich, etwas darüber zu verraten. „Lass dich überraschen", meinte er mit einem Augenzwinkern, als wäre er der Weihnachtsmann höchstpersönlich.

Gerade als ich doch noch um ein paar geheime Details betteln wollte, fiel mir eine ungewöhnliche Bewegung auf der Straße auf. Wohlgemerkt, wir befanden uns in der Innenstadt von Glendale, was bedeutete, dass hunderte Menschen, Hunde und Fahrzeuge unterwegs waren – und zudem noch mitten am Tag.

Irgendwie wusste ich jedoch, dass jene plötzlich auftauchende Gestalt nichts mit all dem zu tun hatte. Vielleicht war es meine Katzenspürnase, die mir das sagte.

Paisley schien es nicht anders zu gehen, denn sie stupste mit der Nase gegen mein Bein und sagte: „Das ist diese nette Dame, die wir neulich gerochen haben. Vor dem Tierheim. Erinnerst du dich?"

Und sie hatte recht. Die verdächtige Trish war ein weiteres Mal in meinem Leben aufgetaucht, und ich musste wissen, warum.

„Tja, war nett, mit Ihnen zu plaudern", verabschiedete ich mich von Mr. Gable und winkte ihm nochmals kurz zu. „Wir sehen uns bestimmt bald wieder."

Dann hob ich Paisley auf und eilte in die Richtung zurück, aus der wir gekommen waren. Auch wenn sie wahrscheinlich lieber gelaufen wäre, musste ich sie nahe genug an mir dran haben, um ihr zuflüstern zu können, was ich vorhatte.

„Wir müssen jetzt sehr, sehr leise sein", wies ich sie, „als würden wir Kaninchen jagen." Nur dass wir eine Verdächtige verfolgen würden, was noch viel gefährlicher war.

„Wenn wir uns lange genug ruhig verhalten und in Deckung bleiben, dann könnten wir vielleicht sogar das Detektivspiel gewinnen", versprach ich mit einem angedeuteten Grinsen.

Sie keuchte kurz auf, sagte aber nichts darauf. Braver Hund.

Trish bog in eine Gasse ein, und ich beschleunigte meinen Schritt, um sie nicht zu verlieren, wobei ich darauf achtete, trotzdem weit genug zurückzubleiben, damit sie mich nicht entdeckte. An einem Parkplatz blieb sie stehen und wartete.

Paisley und ich versteckten uns hinter einem Müllcontainer ganz in der Nähe. Keiner von uns sprach ein Wort.

Dann sah ich ihn – einen riesigen, verbeulten Cadillac, dessen Reifen über den Kies knirschten. Der Fahrer war eindeutig männlich, aber ich konnte nicht viel mehr als eine schmächtige Gestalt und seine tiefe Stimme ausmachen. Er und Trish unterhielten sich ein paar Minuten lang, dann stieg er aus dem Auto aus und öffnete den Kofferraum.

Dessen Inneres war bis zum Rand mit Tierfutter und anderen Tierbedarfsprodukten gefüllt, alles originalverpackt. Wenn der geheimnisvolle Mann hier war, um dem Tierheim eine Spende zukommen zu lassen, verhielt er sich jedoch ziemlich zwielichtig.

Mir blieb nicht viel Zeit, darüber nachzudenken, denn im nächsten Moment zog Trish ein Bündel Geldscheine aus ihrer Vordertasche und drückte es ihm in die Hand.

Das reichte, um mich endlich zum Handeln zu bewegen. Zuerst schnappte ich mir mein Handy und zoomte auf das Nummernschild, damit ich später einen Nachweis vorzeigen konnte. Dann rief ich meinen guten Freund Officer Bouchard an und bat ihn herzukommen.

„Haben wir das Detektivspiel gewonnen?", fragte Paisley und starrte mich aus funkelnden, dunklen Augen an.

„Ja, ich glaube, das haben wir", entgegnete ich und streichelte sie enthusiastisch dafür, dass sie ihre Arbeit so gut gemacht hatte. „Aber wir müssen uns noch ein bisschen länger ruhig verhalten, bis wir uns ganz sicher sein können."

Wir beobachteten, wie Trish und der Mann sich

stritten, dann fuhr er mit dem Geld und den Waren davon. Unsere Verdächtige stöhnte auf und stolzierte zurück in die Gasse, wo Paisley und ich noch immer zusammengekauert hinter dem Müllcontainer hockten.

„Oh, oh!

Ich sollte mir besser schnell etwas einfallen lassen. Instinktiv setzte ich meinen Hund auf dem Boden ab und rief: „O mein Gott, Paisley! Da bist du ja! Ich habe dich überall gesucht!"

„Natürlich, ich bin hier, Mami!", bellte sie zurück und schien den Bluff nicht ganz begriffen zu haben.

Da Trish an uns vorbeilief, ohne uns großartig zu beachten, rief ich ihr hinterher. „Hey, Trish. Sind Sie das? Dreimal in weniger als vierundzwanzig Stunden! Was für ein Zufall."

Sie zog eine Grimasse, blieb aber zumindest stehen. „Freut mich, Sie wiederzusehen, aber ich habe gerade im Moment leider gar keine Zeit." Ohne eine Antwort abzuwarten, setzte sie schnellen Schrittes ihren Weg fort.

Oh, nein! So leicht kommst du mir nicht davon.

Ihr musste gerade so einiges durch den Kopf gehen, denn wir konnten ihr folgen, ohne dass sie etwas davon mitbekam. Allerdings hatte sie ein rasantes Tempo drauf, und zum zweiten Mal an diesem Tag wünschte ich mir, ich wäre besser in Form. Trotzdem schaffte ich es irgendwie, ihr auf den Fersen zu bleiben. Sie führte uns zu einem weiteren Parkplatz auf der anderen Seite des Stadtzentrums von Glendale, wo derselbe Mann mit laufendem Motor in seinem Auto wartete.

„Bingo", flüsterte ich und schickte eine kurze Textnachricht an Officer Bouchard, um ihm mitzuteilen, dass er zum nördlichen Parkplatz kommen solle.

Trish öffnete den Kofferraum einer schmutzigen weißen Limousine. Dann begannen sie und der Mann, den Inhalt seines Fahrzeugs in ihres zu verfrachten. Sie hatten es gerade geschafft, etwa die Hälfte der Waren umzuräumen, als Officer Bouchards Streifenwagen um die Ecke bog.

Meine Aufregung wuchs. Mein Freund und Helfer hatte es gerade noch rechtzeitig geschafft, und jetzt war es so weit. Jemand würde gleich ganz großen Ärger bekommen ...

15

Der Mann schlug den Deckel seines Kofferraums zu, war aber nicht schnell genug, als dass es dem Beamten, der gerade am Tatort eingetroffen war, entgangen wäre.

Für mich war es das Zeichen, mein Versteck zu verlassen. Da dieses Mal nirgends ein Müllcontainer herumstand, hatte ich mich bisher flach an die Backsteinmauer eines Hauses gedrückt. Ich schritt mit einer Zuversicht zu ihnen hinüber, die ich so eigentlich nicht empfand – und auch dann erst empfinden würde, wenn wir uns sicher sein konnten, die Gauner, die das Geld des Tierheims veruntreuten, gefasst zu haben.

Officer Bouchard entdeckte mich zuerst und winkte mich zu sich heran.

Dann drehten auch die beiden Gauner sich in meine Richtung, und als Trish mich erspähte, füllten sich ihre Augen mit Verachtung. „Sie sind mir gefolgt!", brüllte sie mich an.

„Aber, aber", versuchte Officer Bouchard zu vermitteln, „wir wollen doch nicht noch mehr Ärger, als wir ohnehin schon haben. Los, junger Mann, öffnen Sie den Kofferraum."

Inzwischen war ich nahe genug herangekommen, um die Gesichtszüge des geheimnisvollen Unbekannten zu erkennen. Er war groß und schlaksig, hatte helle Haut und noch helleres Haar. Ich war mir ziemlich sicher, ihn noch nie zuvor gesehen zu haben.

„Hey, warten Sie mal kurz", wandte Trish ein und zeigte mit einem zittrigen Finger in meine Richtung. „Sie ist mir gefolgt. Ist Stalking nicht irgendwie illegal?"

„Nicht nur *irgendwie*. Es ist illegal, aber irgendetwas sagt mir, dass in diesem Kofferraum etwas noch viel Illegaleres auf mich wartet, und dass Miss Russo nur ihrer bürgerlichen Pflicht nachkam, indem sie es meldete und Sie beide im Auge behielt, bis ich herkommen konnte, um die Sache offiziell zu regeln. Und jetzt machen Sie endlich auf."

Trishs Komplize tat, wie ihm geheißen, und

erneut erblickte ich einen riesigen Berg an funkelnagelneuem Tierbedarf.

„Den hier bitte auch." Der Polizist zeigte auf Trishs Auto und wartete, bis auch sie seinem Befehl nachkam.

„Sieh an, sieh an", meinte er dann schmunzelnd, „das werden doch nicht zufällig die Sachen sein, die ein Geschäft in Dewdrop Springs heute Morgen als gestohlen gemeldet hat?" Er hob eine Augenbraue und blickte den jüngeren, blonden Mann an. „Oder etwa doch?"

„Wie auch immer, Mann. Ich bin nur eine Art Handlanger. Sie ist das Superhirn."

Falls es ihm leidtat, verstand er es, geschickt zu verbergen, und ich vermutete, dass der Typ möglicherweise nicht von hier war und angenommen hatte, niemand würde das Fehlen des Tierbedarfs bemerken. Offenbar hatte er nicht damit gerechnet, dass in einer Kleinstadt wie der unseren jeder alles mitbekam.

Trish stampfte wütend mit dem Fuß auf. „Wie können Sie es wagen, mir all das anhängen zu wollen!"

„Schluss mit dem Theater ", warnte der Beamte. „Wer hat diese Sachen gestohlen und warum?"

„Ich habe nichts gestohlen", stieß Trish hervor. „Ich habe diese Sachen ordnungsgemäß erworben."

Der Polizist verschränkte die Arme vor der Brust und starrte die beiden Übeltäter streng an. „Das kaufe ich Ihnen leider nicht ab, junge Frau. Warum sollte man Tierbedarf aus dem Kofferraum eines Mannes kaufen, wenn es genauso einfach ist, in ein Geschäft zu gehen? Sie wissen schon ... so wie es jeder normale Mensch macht?"

„Er hat uns einen Rabatt angeboten. Diese Einsparung ist dringend nötig. Dem Tierheim geht es gerade nicht so gut, und ... Ich habe doch lediglich versucht, den Tieren zu helfen!"

„Gehen wir", sagte Officer Bouchard und machte eine einladende Geste in Richtung seines wartenden Wagens. „Ich würde unheimlich gerne mehr darüber hören – auf dem Revier. Sie sind beide herzlich eingeladen."

Trish warf mir einen bösen Blick zu, als er sie ohne weiteren Kommentar in Richtung Polizeiauto schob. Er hatte weder ihr noch dem Mann mit dem Kofferraum voller Diebesgut Handschellen angelegt, jedoch Verstärkung angefordert, um den Tatort zu räumen, während er sich um die Verdächtigen kümmerte.

„Danke, Russo", sagte er und kehrte nochmals zu

mir zurück, „aber darf ich fragen, wie Sie auf die Idee kamen, ihr zu folgen?"

Schnell klärte ich ihn über Grandmas und meinen Verdacht auf und fügte zum Schluss dramatisch hinzu: „Und sie arbeitet nicht mal dort. Glaube ich zumindest."

„Oh, Sie und Ihre Großmutter! Irgendwann sollten wir Sie wirklich einstellen, damit Sie offiziell für den Bezirk arbeiten können. Aktuell kann ich Ihnen aber eines versprechen: Wir werden herausfinden, was in diesem Tierheim vor sich geht. Tiere in Not zu bestehlen, ist ein verabscheuungswürdiges Verhalten, das ich in unserer Stadt nicht dulden werde. Wenn ich mich recht erinnere, habe ich meine beiden Katzen auch von dort."

„Officer Bouchard", sagte ich grinsend und stupste ihn spielerisch mit der Schulter an. „Ich wusste ja gar nicht, dass sie ein Katzenliebhaber sind."

Er setzte wieder sein strenges Polizistengesicht auf und schnüffelte. „Na ja, ich möchte eigentlich auch nicht, dass sich das herumspricht. Die Jungs auf dem Revier ziehen mich schon mehr als genug damit auf."

„Ihr Geheimnis ist bei mir sicher", versprach ich und freute mich über dieses neue Detail, das ich über

ihn erfahren hatte. Ich war ja auch ein Katzenmensch, zumindest meistens.

„So, ich habe hier alles im Griff", erklärte er mir.
„Machen Sie sich ruhig vom Acker. Versuchen Sie,
den Rest Ihres Tages zu genießen." Er nickte mir
noch einmal zu, was wohl bedeutete, dass ich offiziell
aus den Ermittlungen entlassen war. Blieb nur zu
hoffen, dass die Beamten ab hier auch wirklich gute
Arbeit leisten würden, damit Großmutter und ich uns
verstärkt auf unser kleines Mysterium zu Hause
konzentrieren konnten, nämlich die Frage, warum
ständig etwas zu Bruch ging.

„Haben wir gewonnen?", fragte Paisley, als wir
uns auf den Rückweg machten.

„Ja, die Bösewichte wurden gefasst, und die Welt
ist wieder in Ordnung", versicherte ich ihr. Natürlich
vermisste ich Octocats Unterstützung, aber Paisley
hatte sich bei ihrem ersten Einsatz gar nicht mal so
schlecht angestellt. Mit der Zeit würde sie es schon
noch lernen. Wir drei gäben mit Sicherheit ein super
Team ab ... Das heißt, wenn mein Kater es jemals
schaffen sollte, seine Abneigung gegenüber Hunden
zu überwinden.

Dann stellte Paisley eine Frage, mit der ich nicht
gerechnet hätte. „Auf mich machten sie aber einen

netten Eindruck. Woher weißt du, dass sie schlecht sind?"

„Weil sie schlimme Dinge getan haben", antwortete ich unverblümt.

Sie schien einen Moment lang darüber nachzudenken und fuhr dann fort: „Wenn ich also schlimme Dinge tue, bin ich dann ebenfalls schlecht?"

„Nein, das ist nicht dasselbe."

„Warum nicht?" Sie ließ die Ohren hängen und wirkte dadurch nur noch mehr wie ein Welpe.

Offensichtlich musste ich eine Entscheidung treffen. Ich konnte sie weiterhin in dem Glauben lassen, dass alle Menschen gut waren, oder ich musste ihre Unschuld zerstören, indem ich ihr erklärte, wie grausam die Welt manchmal sein konnte.

Aber eigentlich mochte ich meine neue Hundetochter genau so, wie sie war, also sagte ich stattdessen: „Weißt du was, Paze? Du hast völlig recht: Es war nur ein Spiel. Lass uns nach Hause fahren und schauen, ob Großmutter schon wieder zurück ist, okay?"

„O ja! Wir waren ja Ewigkeiten getrennt! Ich vermisse sie schon total!", jaulte Paisley, und unser tiefsinniges Gespräch über Ethik und Moral war so gut wie vergessen.

Vielleicht war es für mich an der Zeit, ans Blueberry Bay Community College zurückzukehren und einen achten Associate Degree zu machen. Dieses Mal in Philosophie, damit ich das nächste Mal, wenn die Kleine mich mit derartigen Fragen überrumpelte, besser vorbereitet war.

Ich schickte Grandma eine kurze Textnachricht, um sie wissen zu lassen, dass wir uns auf dem Nachhauseweg befanden und um zu fragen, wo genau sie eigentlich steckte. Dann ließ ich meiner süßen Kleinen nach Herzenslust Zeit, weiter die Stadt zu erschnüffeln.

Das tat sie dann auch ausgiebig, vor allem, wenn es sich um Pipi ihrer Artgenossen handelte.

Hunde waren schon seltsame Kreaturen.

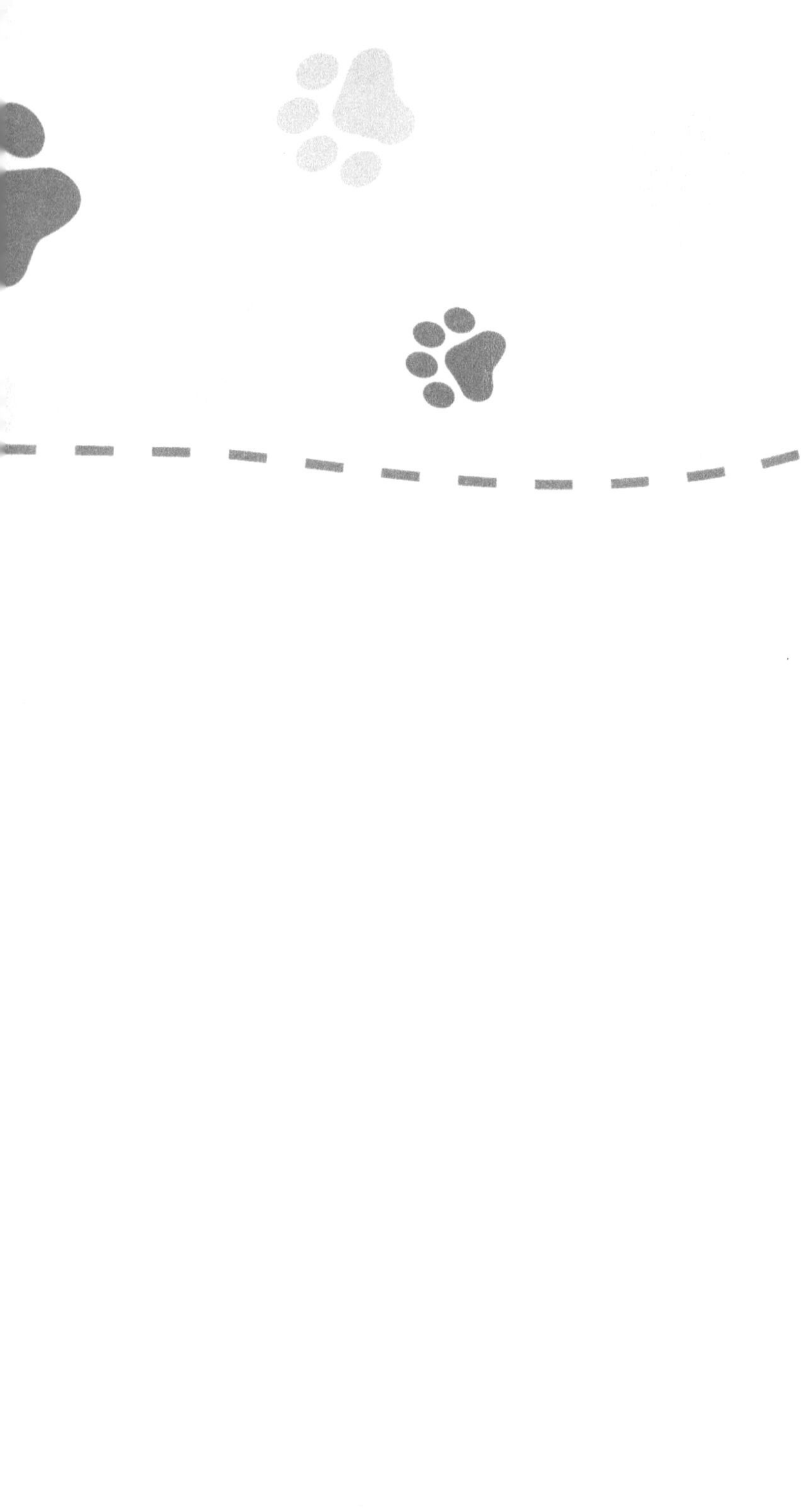

16

Großmutter war vor mir und Paisley zu Hause angekommen, und das war gut so in Anbetracht der Tatsache, was wir bei unserer Ankunft vorfanden.

„Hier liegt ja überall Kacke herum!", stöhnte ich angewidert auf.

„Du hättest diesen Ort sehen sollen, bevor ich angefangen habe, alles sauber zu machen." Sie spritze einen weiteren Schuss Essigreiniger auf den Teppich und schrubbte wie wild auf dem stinkenden Fleck herum.

„Das ist ja ekelhaft." Ich verschränkte die Arme vor der Brust und begutachtete stirnrunzelnd den Schaden. „Glaubst du, dass du den aus dem Vorleger überhaupt wieder rausbekommen wirst? Das war auch ein Erbstück."

Sie hielt inne und studierte mich mit hochgezogenen Brauen. „Was mir weit mehr Sorgen macht, ist, dass eines der Tiere sehr krank sein muss, um eine solche Sauerei zu veranstalten."

Paisley drückte ihre Vorderpfoten gegen mein Bein und bettelte darum, hochgenommen zu werden. „Ich war es nicht", sagte sie mit ihrer weichen, traurigen Stimme. „Ganz ehrlich."

„Stimmt, sie kann es nicht gewesen sein", erklärte ich Grandma, setzte sie wieder ab und zog mir ein Paar dicke, gelbe Gummihandschuhe über, um ihr bei der Putzaktion zu helfen. „Sie war während deiner Abwesenheit die ganze Zeit über mit mir unterwegs. Und als wir aufbrachen, war diese Schweinerei noch nicht da."

„Und trotzdem." Sie wandte sich einer anderen Stelle des Teppichs zu und schrubbte erneut drauflos. „Wir sollten beide zur Tierärztin bringen. Vielleicht hat sie außerdem ein paar Tipps, wie sie sich aneinander gewöhnen könnten."

„Aber Paisley ist nicht das Problem", erinnerte ich sie. „Wenn, dann ist es dieser sture Kater."

„Wie auch immer, irgendetwas müssen wir unternehmen." Sie betrachtete stirnrunzelnd den

Fleck und sprühte noch mehr Reiniger darauf. „Was, wenn Octavius nicht nur um der Bosheit willen so gemein ist? Was, wenn er ernsthaft erkrankt ist?"

Dieser Gedanke war mir bisher noch gar nicht gekommen, aber jetzt, wo sie es sagte ... So sehr Octocat mich in den letzten Tagen auch genervt hatte, war er doch noch immer mein bester Freund, und ein Leben ohne ihn konnte ich mir nicht vorstellen.

„Ich habe eine Kotprobe genommen, bevor ich mit dem Saubermachen anfing, damit die Ärztin sie untersuchen kann. Sie weiß bereits Bescheid, dass wir heute noch vorbeikommen."

„Dann lass uns gehen", sagte ich, zog meine Handschuhe aus und nahm meine Tasche vom Couchtisch. „Den Rest erledigen wir später."

Grandma folgte meinem Beispiel. „Ich muss mich nur schnell etwas frisch machen, hole die Probe und warte dann mit Paisley an deinem Auto auf euch. Du gehst nach oben und schnappst dir Octavius."

Na klar, nichts leichter als das!

Mein Kater mochte Autofahrten so schon nicht, aber jetzt, wo er krank war und die heutige Fahrt zudem noch zusammen mit seinem Erzfeind antreten sollte, war es höchstwahrscheinlich ein Ding der Unmöglichkeit, ihn zum Mitkommen zu bewegen.

Während ich nach oben eilte, wog ich kurz meine Optionen ab. Ich könnte versuchen, ihn freundlich zu bitten. Das jedoch würde ihn misstrauisch machen und das Einfangen noch schwieriger gestalten. Oder aber ich konnte versuchen, ihm sein Geschirr anzulegen, wobei ich aus Erfahrung wusste, dass dafür mindestens zwei Personen nötig waren. Somit blieb nur noch eine Variante übrig, und zwar die, von der ich wusste, dass er sie am meisten hasste: die Transportbox.

Ich hatte sie noch nie benutzt, aber allein die Tatsache, dass ich sie für Notfälle im Haus hatte, war für Octocat eine ständige Quelle der Verärgerung.

Wie auch immer, irgendwann mussten wir sie ja mal einweihen.

Also holte ich das verhasste Teil aus dem Schrank und pustete die dünne Staubschicht weg, die sich mittlerweile darauf abgesetzt hatte. Dann stieg ich so leise wie möglich die Treppe zu meinem Turm hinauf und betrat das Schlafzimmer, wobei ich versuchte, den sperrigen Käfig hinter mir zu verstecken.

Wie erwartet, funktionierte es nicht.

„Ich kann dich sehen", grummelte mein Kater

unter dem Bett hervor. „Und was auch immer du von mir willst, die Antwort darauf ist ein klares Nein."

„Es tut mir so leid", antwortete ich und zog das Gestell unter Ächzen und Stöhnen von der Wand weg, „aber ich kann dich unmöglich noch länger hier drinnen verkümmern lassen, wo du doch so krank bist."

Octocat bewegte sich mit dem Bett und kauerte sich mittig darunter, was es mir schier unmöglich machte, ihn zu erreichen. Selbst auf dem Bauch liegend und mit ausgestreckten Armen streiften meine Fingerspitzen gerade mal so die Spitze seines Schwanzes.

„Ich komme nicht raus, und du kannst mich nicht zwingen!"

Ach, verflucht! Warum musste er nur immer so schwierig sein?

In Anbetracht seines möglicherweise kranken Bauches wollte ich ihn nicht feste packen, und mit einer Bestechung würde er sich wohl auch nicht herauslocken lassen. Einige Dinge in unserer Beziehung waren einfach, eben weil wir miteinander reden konnten, während andere sich unendlich schwieriger gestalteten. Und die momentane Situation war eine davon.

Denk nach, Angie. Lass dir etwas einfallen!

Und dann kam mir eine Idee, bei der ich zu neunzig Prozent sicher war, dass es funktionieren könnte. Ich ging hinüber zu meinem Schreibtisch und griff nach dem kleinen Schlüsselbund, den ich für den Notfall in der obersten Schublade aufbewahrte. Dann schnappte ich mir meine Steppdecke und wickelte sie mir um den Arm. Mit der einen Hand hielt ich das Deckenbündel fest, mit der anderen aktivierte ich das Lämpchen des Schlüsselbundes – und der rote Punkt auf dem Teppich vor mir erwachte zum Leben.

Einer unserer früheren Bekannten hatte die Kraft dieses roten Punktes genutzt, um zwei ahnungslose Samtpfoten dazu zu bringen, etwas sehr Schlimmes zu tun. Octocat hatte mir damals erklärt, dass die meisten Katzen zwar logischerweise wüssten, dass der Punkt nur von einem Laserpointer stammte, jedoch nicht widerstehen konnten, sich darauf zu stürzen, sobald er irgendwo auftauchte.

Genau darauf setzte ich in diesem Moment.

Sobald ich mit der Hand wackelte, fing er an zu tanzen, und als ich das Handgelenk drehte, zuckte er wild zur Seite.

Das brachte Octocat dazu, wie eine Furie unter dem Bett hervorzuschießen.

Zum Glück war ich schnell genug, um die Decke

wie ein improvisiertes Netz über ihn zu werfen, und – schwupp! Er war gefangen und stinksauer.

„Diesen Verrat werde ich dir niemals verzeihen, Angela. Niemals! Nicht in meinem ganzen Leben."

„Es tut mir wirklich leid", murmelte ich erneut, hob die Decke mitsamt meinem erzürnten Katers auf und stopfte sie in die Transportbox.

Na also.

Ich hatte es geschafft, und wie durch ein Wunder hatte sich keiner von uns bei dieser Aktion verletzt.

„Mach dir keine Sorgen", gurrte ich leise, obwohl ich nach dem ganzen Drama kaum noch Luft bekam. „Die Tierärztin wird dich schon wieder aufpäppeln. Du wirst im Handumdrehen wieder ganz der Alte sein."

„Aber ich bin überhaupt nicht krank", protestierte er noch, bevor er einen Haarballen direkt in die Box kotzte.

17

Unsere gewohnte Tierärztin war an diesem Tag nicht in der Praxis, aber das neueste Mitglied ihres Teams schob uns als Notfall dazwischen. Die Ärztin wirkte noch recht jung, und auch ihre flotte Haltung ließ vermuten, dass Dr. Britt Lowe ihr Tiermedizinstudium erst vor Kurzem abgeschlossen hatte. Wenn ich mir auch ursprünglich aufgrund ihrer vermeintlichen Unerfahrenheit Sorgen gemacht hatte, wurde doch durch ihr bestimmtes Auftreten und ihre sachkundigen Äußerungen sofort wieder beruhigt.

„Am Telefon sagten Sie, dass eines der Tiere – wahrscheinlich die Katze – Durchfall hat. Haben Sie sonst noch etwas bemerkt?", fragte sie und blickte von der Krankenakte zu uns herüber, wo Großmutter und ich in dem mehr als beengten Behandlungszimmer auf zwei engen Schalenstühlen hockten.

Octocat in seiner Transportbox, die ich neben mir auf den Boden gestellt hatte, knurrte irritiert.

„Oh, er klingt aber nicht gerade glücklich", fügte Dr. Lowe mit einem Stirnrunzeln hinzu. „Würde es Ihnen etwas ausmachen, wenn wir ihn herausnehmen, während wir uns unterhalten? Wenn Tiere sich so aufregen, ist es am besten, die Dinge so schnell wie möglich hinter sich zu bringen. Armer Kerl."

„Klar, wenn Sie das möchten." Ich hob ihn mitsamt Korb auf den Metalltisch zwischen uns und gestattete der Ärztin, den Riegel zu öffnen.

Wie erwartet versuchte er sofort, sich aus dem Staub zu machen, aber sie schnappte ihn sich mühelos und begann mit festem Griff, direkt seine Augen und Zähne zu untersuchen.

„Tapferer kleiner Mann", sagte sie beruhigend. Ich vermutete, der einzige Grund, warum sie nicht gebissen wurde, war die Tatsache, dass sie ihn nicht als Kätzchen bezeichnet hatte. Irgendetwas an ihren fachkundigen Händen schien ihn zu beruhigen, oder aber er verstand, dass sie auf seiner Seite war und lediglich sein Wohlergehen im Sinn hatte.

Nicht, dass ich mir nicht auch gewünscht hätte, dass es ihm besser geht, aber …

Dr. Lowe setzte ihn auf dem Tisch ab und hielt eine Hand fest auf seinen Rücken gedrückt, während sie mir ein Zeichen gab, zu ihr herumzukommen. „Halten Sie ihn bitte einmal. Das, was jetzt kommt, mögen die meisten Katzen nämlich ganz und gar nicht."

Noch bevor ich irgendwelche Fragen stellen konnte, steckte sie ihm ein Thermometer in den Hintern.

Octocat riss pikiert die Augen auf, gab aber keinen Laut von sich, bis sie fertig war. „Ich fühle mich so geschändet", stöhnte er dann jedoch auf.

„Sie können ihn jetzt wieder loslassen", teilte mir die Tierärztin mit. Ich war ihrer Anordnung kaum nachgekommen, da stürzte er auch schon zurück in die Box, die er nur Minuten zuvor noch so sehr verabscheut hatte.

Dr. Lowe runzelte die Stirn. „Seine Temperatur ist normal, und er scheint sehr gesund zu sein. Sind Sie sicher, dass es nicht der Hund war, der die Sauerei veranstaltet hat?"

„Absolut sicher", sagte Großmutter, „aber ich habe eine Probe mitgebracht, falls das hilft." Sie drückte mir Paisley in die Arme, durchwühlte ihre Einwegtasche und förderte die dreifach verpackte Kotprobe zu Tage.

„Oje." Die Tierärztin lachte laut auf. „Ich glaube, ich ahne, was das Problem ist."

„Müssen Sie nicht erst einmal einen Test machen?", fragte ich und verstand nicht, was an dieser ekelhaften Situation so lustig sein sollte.

„Nein, ich denke, das muss ich nicht. Hierbei handelt es sich weder um Katzen- noch um Hundeexkremente."

„Ich habe dir doch gesagt, dass ich nicht krank bin", kam es maulend aus der Transportbox.

„Und um was dann?", fragte ich völlig ratlos.

Dr. Lowe hielt die Probe gegen das Licht, und wir alle starrten darauf, während sie erklärte: „Das stammt eindeutig von einem wilden Tier. Der Größe nach zu urteilen, würde ich auf einen Waschbären tippen."

Waschbär!

Schlagartig war mir alles klar. Octocat hatte es geschafft, an zwei Orten gleichzeitig zu sein, indem er sich der Hilfe seines größten Fans versicherte – des Waschbären, der unter unserer Veranda lebte. Pringle betete quasi den Boden an, auf dem meine verwöhnte Katze wandelte.

„Könnten Sie uns vielleicht einen Moment allein lassen?", bat Großmutter höflich. Es schien, als wäre auch ihr endlich ein Licht aufgegangen, wer für all die seltsamen Vorkommnisse in unserem Haus verantwortlich war.

„Aber natürlich." Dr. Lowe nickte und ging durch die hintere Tür hinaus.

Kaum waren wir unter uns, beugte ich mich vor, damit ich Octocat direkt in die Augen schauen konnte. „Bitte sag jetzt nicht, du hast deinen Waschbär-Fanboy angeheuert, um Paisley bei uns in Misskredit zu bringen."

„Das habe ich natürlich nicht", sagte er, schien es aber selbst nicht so richtig zu glauben.

Ich stemmte beide Hände in die Hüften, kniff die Augen zusammen und wartete.

Mein Kater kam bis an den Rand seiner Box und seufzte. „Erstens – anheuern würde ja bedeuten, dass ich ihm etwas gezahlt hätte. Er jedoch hat es umsonst getan. Zweitens – ich habe mir nichts zuschulden kommen lassen, weil ja er derjenige welcher war ..."

„Aber du warst der Drahtzieher", wetterte ich.

Eines war mir allerdings überhaupt nicht klar ... „Warum hast du ihn denn deine eigene Teetasse zerschmettern lassen?"

Er stieß einen weiteren tiefen Seufzer aus. „Pringle ist nicht gerade der Hellste, wenn es darum geht, Anweisungen zu befolgen. Er erwischte aus Versehen die falsche Tasse. Glaub mir, ich bin ziemlich verärgert darüber. Wir haben sie noch nicht einmal beerdigt."

„Wie hätten wir auch, wenn du dich den ganzen Tag über entweder versteckst oder Intrigen spinnst?", fragte ich und schüttelte wutentbrannt den Kopf.

„Das ist natürlich ein gutes Argument", räumte Octocat ein, „aber ich beharre weiterhin auf meinem Standpunkt: Ich möchte nicht, dass der Hund bei uns lebt."

„Warum nicht?", verlangte ich zu wissen.

„Weil ich keine Hunde mag", murrte er.

O nein, nicht wieder diese Leier. Wenn er Paisley wirklich hasste, musste er mir einen Grund dafür nennen, und ich bezweifelte, dass er das konnte.

„Und warum magst du gerade sie nicht?", bohrte ich nach und zog argwöhnisch eine Augenbraue hoch.

„Eben drum. Punkt."

„Mami, darf ich mal versuchen, mit ihm zu reden?", fragte Paisley, die nach wie vor auf meinem Arm saß. Sie war so leicht, dass ich beinahe vergessen hatte, dass ich sie hielt.

Auf ihren Wunsch hin setzte ich sie sanft auf den Untersuchungstisch, damit sie und Octocat sich von Angesicht zu Angesicht unterhalten konnten. Mir fiel auf, dass es dazu bisher noch nie gekommen war.

Mein Kater hatte immer nur herumgebrüllt, sich beschwert und war dann weggelaufen, um sich zu verstecken. Aber würde er jetzt, wo er in diesem winzigen Raum festsaß, tatsächlich ein Gespräch mit ihr führen?

„Hallo, Octopus-Cat", begann Paisley und neigte ehrfürchtig den Kopf.

„Mein Name ist nicht Octopus-Cat", knurrte mein Tiger genervt. Einen Moment lang befürchtete ich, er würde erneut nach ihr schlagen, aber er hielt seine Krallen unter Kontrolle.

Die mutige Kleine wusste entweder nicht, wie gereizt er war, oder aber sie war bereit für die Konsequenzen, die dieses Gespräch nach sich ziehen würde. „Oh, dann habe ich mich wohl verhört", meinte sie und blinzelte irritiert. „Wie genau darf ich dich ansprechen?"

„Mein Name – und den solltest du dir besser gut einprägen, denn ich werde ihn nur einmal sagen – ist Octavius Maxwell Ricardo Edmund Frederick Fulton Russo, erster Privatdetektiv von Glendale." Dabei rollte er jedes R, als ob man nur so den monströsen Titel richtig aussprechen könnte.

Ich hielt mir eine Hand vor den Mund, um nicht laut aufzulachen. Jedes Mal, wenn Octocat seinen vollständigen Namen nannte, fügte er etwas hinzu.

So langsam begann ich zu bezweifeln, dass dieser tatsächlich echt war.

„Es freut mich sehr, dich kennenzulernen, Octavius Maxwell Ricardo Edmund Frederick Fulton Russo, erster Privatdetektiv von Glendale", erwiderte der Chihuahua und ahmte eins zu eins die Aussprache des Katers nach, so dass mir vor Überraschung der Unterkiefer herunterklappte. Ich kannte meinen Tiger jetzt seit über einem Jahr und hatte nach wie vor nicht all seine Namen abgespeichert. Und der junge Hund konnte sie sich nach nur einmaligen Hören merken?

„Ich heiße Paisley Lee", teilte sie ihm mit einer weiteren knappen Verbeugung des Kopfes mit. „Grandma hat mir bei der Adoption ihren Nachnamen gegeben, also sind wir wohl nicht wirklich Bruder und Schwester. Bitte entschuldige, wenn es dich verärgert haben sollte, dass ich dich Bruder nannte. Ich habe meinen Irrtum erkannt."

„Das ist in Ordnung", murmelte Octocat, der offensichtlich von den tadellosen Manieren der kleinen Hündin doch sehr angetan schien, obwohl er sich bestimmt wünschte, dass dem nicht so wäre.

„Ich wäre höchst erfreut, wenn wir Freunde würden, aber wenn du das nicht willst, verstehe ich es vollkommen", quietschte Paisley. In ihren großen schwarzen Augen standen Tränen, aber sie sprach tapfer weiter. „Ich werde mein Bestes geben, um dich nicht mehr zu verfolgen oder dich in irgendeiner Weise unglücklich zu machen, aber darf ich bitte bleiben? Das hier ist doch jetzt auch meine Familie."

„Ich denke, das wäre für mich in Ordnung", erwiderte Octocat gnädig und zog sich dann erneut tiefer in seinen Käfig zurück.

Das Gespräch hatte ein gutes Ende genommen, und irgendwie hatten alle es geschafft zu überleben.

Es würde sich also doch noch alles wieder einrenken.

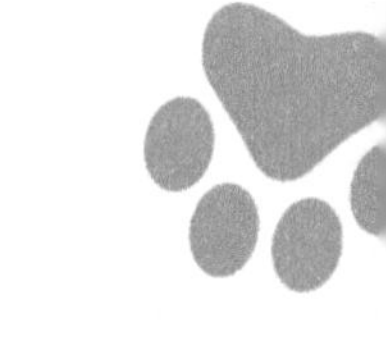

18

Octocat hielt sich tatsächlich an sein halbherzig dahingesagtes Versprechen, hörte auf, sich ständig in meinem Schlafzimmer zu verstecken, und begann, wieder an unserem Leben teilzuhaben. Er verließ nicht einmal mehr den Raum, wenn Paisley ihn betrat, was ich als einen großen Schritt in die richtige Richtung erachtete.

Paisley wiederum hatte es sich angewöhnt, nur noch mit ihm zu sprechen, wenn er das Wort an sie richtete, und gelegentlich begann er tatsächlich ein kurzes Gespräch mit ihr.

So vergingen mehrere Tage, jeder besser als der vorherige.

Jetzt, da wir das Rätsel um die zerbrochenen

Gegenstände gelöst hatten und beide Haustiere auf dem besten Weg waren, dauerhaft Freunde zu werden, kehrten meine Gedanken zu Trish zurück.

Die örtliche Polizei hatte genügend Beweise zusammentragen können, um sie wegen Diebstahls zweiten Grades anzuklagen, nachdem eine Bankangestellte in Dewdrop Springs Trish als die Person identifizierte, die Großmutters und meine Spendenschecks in der Woche zuvor eingelöst hatte. Die Kohle hatte sie dann dazu verwendet, um für mehrere hundert Dollar gestohlene Tierbedarfsartikel zu kaufen. Die entwendeten Gelder und Waren beliefen sich insgesamt auf etwas mehr als tausend Dollar, was in unserem Bundesstaat Maine als Straftat gewertet wurde. Im Moment wartete sie noch auf ihren Prozess, aber Charles meinte, dass es sowohl auf eine saftige Geld- als auch eine mögliche Gefängnisstrafe hinauslaufen könnte.

Ich musste immer wieder daran denken, wie freundlich sie vor dem Tierheim zu Grandma und mir gewesen war, als wir sie zum ersten Mal trafen, und wie sie erwähnte, dass sie selbst nicht viel Geld hätte. War sie wirklich der Typ, der Tiere bestahl, um sich selbst zu bereichern? Und wenn ja, warum benutzte sie dann die eingelösten Schecks, um Vorräte für die Vierbeiner zu kaufen?

Etwas an der ganzen Sache irritierte mich, aber ich konnte nicht genau sagen, was es war. Da ich einfach keine Antworten darauf fand, ließ ich meine Fragen über Trish und die Veruntreuung im Tierheim vorerst einmal im Hinterkopf weiterköcheln und widmete mich stattdessen der Gestaltung einer Website für Octocats und meine neue Privatdetektei. Irgendwann würden sich bestimmt die ersten Kunden melden, und dann wollte ich vorbereitet sein, um sie zu beeindrucken.

Und vielleicht würde ja auch mein Kater eines Tages zustimmen, Paisley in das Ermittlerteam aufzunehmen, zumal ich wusste, dass der kleine Hund nur zu gerne wieder Detektiv spielen und gewinnen würde.

An diesem Morgen beschloss Paisley, ihre neue Freundschaft mit ihm zu zelebrieren, indem sie ihm ein Geschenk brachte. Wir waren gerade mit dem Tee fertig, als sie durch die elektronische Katzenklappe hereinschlüpfte. Ihr Halsband war mittlerweile ebenfalls mit einem codierten Chip ausgestattet, so dass sie kommen und gehen konnte, wie es ihr passte – genau wie ihr neuer Held, Octocat.

Unserem Waschbärenfreund Pringle hingegen hatten wir eine heftige Standpauke gehalten und ihm zu verstehen gegeben, dass er sich nie wieder im

Haus blicken lassen durfte, ganz egal, welche Befehle er von seinem Katzenkumpel erhielt.

„Hey, Kleine", rief Grandma, als sie die winzige, dunkle Gestalt des Hundes durch das Foyer huschen sah. „Was bitte hast du denn da mitgebracht?"

Irgendetwas Großes befand sich in ihrem Maul, das sie direkt zu Octocat brachte und ihm zwischen die Pfoten legte, wobei sie vor Freude wild mit dem Schwanz wedelte. Gott sei Dank befand dieser sich auf dem Boden und nicht auf der Couch, denn bei dem fraglichen Etwas handelte es sich um eine sehr große und leicht blutige Maus.

Tot, versteht sich.

Er studierte das leblose Tier und schaute dann wieder auf Paisley. Sein Blick wurde weicher, als er fragte: „Für mich?"

Diese blinzelte und schwänzelte um ihn herum. „Katzen mögen doch Mäuse, habe ich recht?"

Ich glaube, Octocat überraschte uns alle, indem er breit zu grinsen anfing.

„Oh ja, und je toter, desto besser. Gut gemacht, Kleines."

Bei dem Anblick des zerquetschen Nagers hätte ich mich beinahe übergeben, ließ es aber nicht zu, dass mein aufgewühlter Magen diesen wichtigen Moment der Verbundenheit ruinierte. „Ihr wisst aber schon, dass es die Katzen sind, die die Mäuse fangen sollten", belehrte ich beide.

„Diese Denkweise ist veraltet", protestierte mein Tiger. „Außerdem hat sie mir das Vieh gebracht, was quasi gleichbedeutend ist, als wenn ich sie selbst erlegt hätte."

Die Chihuahua-Hündin klopfte mit dem Schwanz auf den Boden, und ihr Blick hing hingebungsvoll an den Lippen ihres neuen Freundes.

„Netter Versuch", sagte ich und kicherte sarkastisch, „aber man kann nicht einfach die Lorbeeren für die Arbeit eines anderen einheimsen ..." Dann schoss mir ein anderer Gedanke durch den Kopf, und ich schaute zu Großmutter hinüber.

„Was ist denn, Liebes?", fragte sie und trank einen weiteren Schluck von ihrem Tee.

„Trish", sagte ich und dachte daran, wie sicher ich mir gewesen war, dass wir den Bösewicht geschnappt und das Geheimnis des Tierheims gelüftet hätten. Zu sicher. Die Beweise waren zu nett verpackt gewesen.

„Was ist mit ihr?", fragte Grandma, während unsere Tiere fortfuhren, in nicht allzu großer Entfernung zu uns ihr neu geschlossenes Bündnis zu feiern.

„Was, wenn sie gar nicht diejenige war, die das Geld veruntreut hat? Was, wenn jemand anderes ihr das nur in die Schuhe zu schieben versucht?"

„Du denkst, man hat sie reingelegt?“

Ihr gleichmütiger Tonfall ärgerte mich. Glaubte sie wirklich nicht, dass da was dran sein könnte?

„Ich bin mir nicht sicher, aber es wäre durchaus möglich. Alle Beweise sprechen zu sehr gegen sie“, argumentierte ich, wobei ich die gleichen, ausladenden Handbewegungen machte, die mein italienisch-amerikanischer Vater oft benutzte, wenn er versuchte, seinen Standpunkt klarzumachen. „Sie ist entweder eine üble Kriminelle – oder gänzlich unschuldig.“

„Interessant“, sagte Großmutter und tauchte einen mit Creme gefüllten Keks in ihren Tee.

„Denk doch mal nach“, fuhr ich fort. „Sie war diejenige, die nach Feierabend noch dort herumschlich. Sie war es, die die Unterlagen geschreddert hat. Ich habe sie in der Nacht, in der unsere Schecks eingelöst wurden, in Dewdrop Springs gesehen, und sie war auch nicht gerade diskret, als sie am helllichten Tag die gestohlenen Tierbedarfsartikel abkaufte.“

„Aber hat sie den Leuten in dem Massagestudio nicht auch gesagt, dass dem Tierheim die Mittel gekürzt wurden?“, merkte Grandma an und starrte tief in ihre Tasse. „Charles hat das doch überprüft und herausgefunden, dass dem nicht so ist.“

„Ja schon, aber als wir am nächsten Tag nochmals zum Tierheim fuhren, sagte diese alte Frau, Pearl, genau das Gleiche."

„Wen bezeichnest du hier als alt?" Endlich wurde ihre Stimme wieder etwas leidenschaftlicher. „Sie ist mindestens fünfzehn Jahre jünger als ich."

„Bitte entschuldige", murmelte ich, „aber wie gut kennst du sie eigentlich? Sie schien sich ziemlich gut an dich zu erinnern, an mich jedoch überhaupt nicht."

„Wir waren im Sommer gemeinsam in einem Kunstkurs. Hatte ich dir das nicht erzählt?" Sie trank aus, stellte Tasse und Untertasse auf dem Couchtisch ab und lehnte sich in ihrem Stuhl zurück.

„Würdest du sagen, Pearl ist der Typ, der dem Tierheim Geld stiehlt und das dann vertuscht?"

„Ganz sicher nicht! Sie hat immer und immer wieder von ihrer ehrenamtlichen Tätigkeit dort erzählt und liebt diese Tiere, als wären es ihre eigenen."

„Wer sonst hätte dann die Mittel, die Gelegenheit und das Motiv, dieses Geld an sich zu nehmen?"

„Na ja, sie erwähnte immerhin, dass sie knapp bei Kasse sei", überlegte Grandma. „Und Geld ist schon ein starkes Motiv."

„Es muss eine Person aus dem inneren Kreis sein,

jemand, der Zugang zu den Finanzen hat." Ich knabberte an meinem Fingernagel herum, eine mehr als schlechte Angewohnheit, von der ich dachte, ich hätte sie abgelegt. Anscheinend nicht.

„Und jemand, der eine Geschichte über die Kürzung der Zuschüsse erfinden könnte, die andere bereitwillig glauben würden." Grandma nickte und biss sich auf die Lippe. Wir beide waren wirklich das perfekte Team!

Nach einer kurzen Phase des Brainstormings kam uns die zündende Idee.

„Mr. Leavitt!", riefen wir unisono aus und drehten uns aufgeregt zueinander.

„Oh, dafür wird er bezahlen!", rief Großmutter empört aus.

„Vorher müssen wir ihn aber irgendwie dazu bringen, dass er gesteht", merkte ich an. Anscheinend war es immer meine Aufgabe, das Offensichtliche zur Sprache zu bringen. „Fällt dir was dazu ein?"

„Entschuldigung", mischte Octocat sich ein und lugte hinter seinem gruseligen Geschenk hervor. Mir war gar nicht bewusst gewesen, dass er uns zugehört hatte. „Ich glaube, ich habe da eine Idee", gluckste er selbstzufrieden.

Yeah, Baby, er war wieder da!

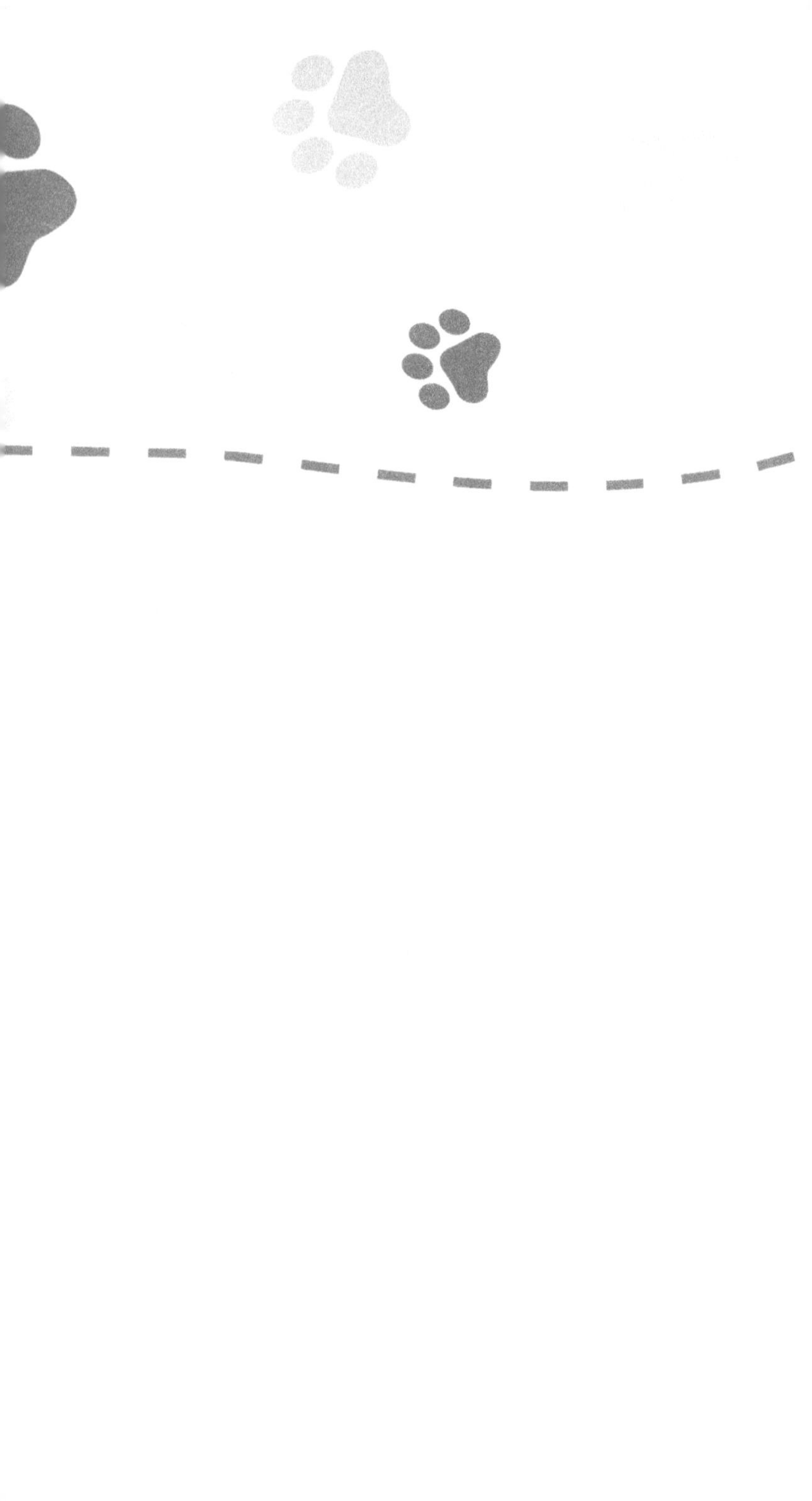

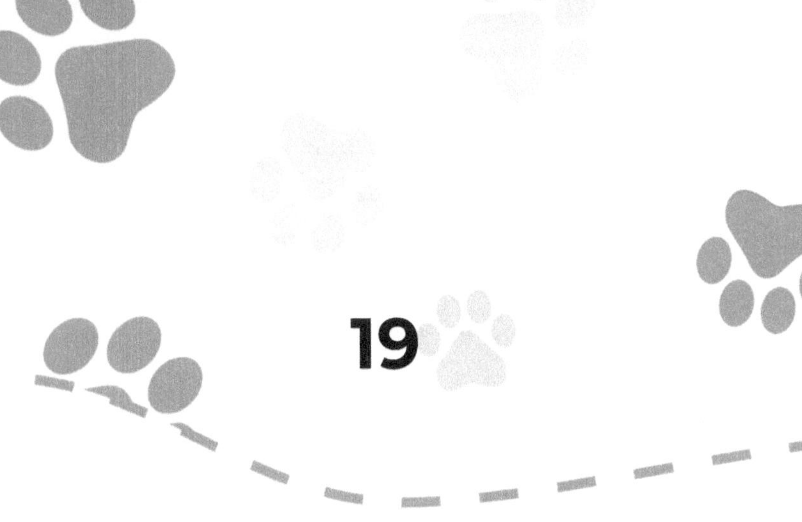

19

Meine Mom hielt ihrer Mutter ein Mikrofon vors Gesicht und strahlte sie mit töchterlichem Stolz an. „Unglaublich, wenn man bedenkt, dass du nur zwei Wochen Zeit hattest, um diese prachtvolle Veranstaltung zu planen."

Großmutter trug ihr Haar zu einem französischen Zopf geflochten und hatte einen kräftigen roten Lippenstift aufgelegt. Außerdem hatte sie sich für diesen speziellen Anlass sogar extra ein Kleid anfertigen lassen. Silberne, perlenbesetzte Pfotenabdrücke säumten den Ausschnitt, und die Ärmel ihres rosafarbenen Satinkleides und sorgten für einen atemberaubenden Effekt.

Trotz der schnellen Umsetzung dieses Events

schien ganz Glendale gekommen zu sein, um ihre Spendenaktion zugunsten des örtlichen Tierheims zu unterstützen. Auch etliche Leute aus den umliegenden Städtchen waren erschienen. Meine Mutter hatte ihren Kameramann im Schlepptau, um eine Reportage für die Lokalnachrichten zu drehen.

Ja, es war eine ziemlich große Sache geworden.

Während Mom Grandma interviewte, drehte ich eine weitere Runde durchs Haus. Ja, wir hatten uns tatsächlich entschieden, unser eigenes Haus als Schauplatz zu nutzen. Mr. Gables von der Stadtverwaltung war uns behilflich gewesen, eine Reihe großer, beeindruckend aussehender Zelte zu organisieren, die wir auf dem weitläufigen Grundstück aufgestellt hatten, um den Aktionsradius der Veranstaltung zu erweitern.

Die Wohltätigkeitsgala umfasste ein Abendessen mit Catering, eine stille Auktion und die Möglichkeit für alle Gäste, großzügige Schecks zur Unterstützung unseres Tierheims auszustellen. Weiterhin hatten wir dafür gesorgt, dass sich sämtliche VIPs drinnen aufhielten, damit wir sie besser im Auge behalten konnten. Wenn alles nach Plan lief, könnten wir den Bösewicht noch vor Ende der Nacht dingfest machen.

Ich hatte mich für ein kurzes, schwarzes Kleid entschieden, damit ich mich notfalls auch draußen unbemerkt herumschleichen konnte. Außerdem hatte ich mir ein Freisprechgerät ins Ohr gesteckt, sodass Octocat und ich uns während des Abends gegenseitig auf dem Laufenden halten konnten. Solange ich es so aussehen ließ, als müsste ich etwas klären, das mit der Gala zu tun hatte, würde ich damit kein Aufsehen erregen.

Die Treppe war abgesperrt, was zum einen die Gäste davon abhalten sollte, die oberen Etagen zu erkunden, zum anderen auch, um meinen Kater zu schützen, der sich hinter den Säulen versteckt hielt, die den Flur säumten. Seine Aufgabe war es nämlich, die Gäste unten zu beobachten und uns per Face-Time-Sprachanruf seine Beobachtungen weiterzugeben.

Tatsächlich war er auch derjenige gewesen, der die Idee für den heutigen Überraschungsangriff gehabt hatte. Großmutters und meine Aufgaben bestanden dann nur noch darin, die Details abzustimmen. Auch Paisley war involviert, die mit ihrem unermüdlichen Optimismus und ihrer Freundlichkeit alle bei Laune hielt.

Sie war fest davon überzeugt, dass wir den Übeltäter heute schnappen und damit das Detektivspiel ein für alle Mal gewinnen würden.

Und ich entschied mich, ihren Optimismus zu teilen.

„Der Adler ist gelandet", hörte ich Octocat in meinem Ohr flüstern. Er hatte Großmutter in letzter Zeit des Öfteren bei ihren Spionagefilm-Marathons Gesellschaft geleistet und sich die Redensarten schnell angeeignet. Da ihn außer mir sowieso niemand verstehen konnte, wäre es mir lieber gewesen, er spräche Klartext – aber gut, wenn es ihm Spaß bereitete ...

Also machte ich kehrt und kam gerade noch rechtzeitig im Foyer an, um zu beobachten, wie unser Zielobjekt, der Koordinator für die Öffentlichkeitsarbeit des Tierheims, Mr. Leavitt, mein Haus betrat. Er trug einen sehr gut sitzenden schwarzen Smoking und ein breites Grinsen im Gesicht.

„Hallo, Fremder", begrüßte ich ihn und hasste schon allein den Klang dieser kokettierenden Worte. Mein Herz gehörte Charles, und nur ihm allein. Trotzdem musste ich unseren Hauptverdächtigen irgendwie dazu bringen, mir direkt in die Hände zu spielen, und dafür war ich zu fast allem bereit.

Na ja, zumindest im Rahmen meiner Möglichkeiten.

„Sie und Ihre Großmutter haben sich wirklich selbst übertroffen", lobte er mich, als ich ihn zur Bar führte, die wir im Speisesaal aufgebaut hatten. „Das Anwesen sieht einfach fabelhaft aus."

„Es sieht nicht nur so aus, es *ist* fabelhaft", antwortete ich wie aufs Stichwort. Grandma und ich waren meine Rolle in dieser Scharade viele Male durchgegangen, und obwohl es kein genaues Drehbuch gab, hatte ich mir alle Punkte eingeprägt, die ich so schnell und natürlich wie möglich ansprechen sollte.

„Allein durch die Tischreservierungen haben wir bereits über zwanzigtausend Dollar eingenommen. Zusammen mit der stillen Auktion und den Spenden könnten es leicht über einhunderttausend werden. Nicht schlecht für nur einen Abend, oder?"

Okay, damit wäre das Wesentliche gesagt. Wenn Grandma jetzt hier wäre – sie wäre bestimmt unheimlich stolz auf mein Debüt.

Mr. Leavitts Augen wurden kugelrund, und er konnte seine Habgier nur schwer verbergen. Hätte er in diesem Moment schon ein Getränk gehabt, hätte er sich mit Sicherheit daran verschluckt. Stattdessen kamen ihm die nächsten Worte nur stotternd über die Lippen. „Ei-ei-einhunderttausend Dollar? Das ist nicht ihr Ernst!"

„Oh doch, durchaus." Sanft legte ich ihm die Hand auf die Schulter und lachte. „Wie sich herausgestellt hat, sind die Leute äußerst großzügig, wenn es darum geht, Tiere zu retten."

„Ja, diesen Eindruck hatte ich auch immer."

Der Barkeeper reichte ihm ein Glas Weißwein und füllte meines mit Mineralwasser und Limette nach. Schon unter normalen Umständen war ich kein großer Freund von Alkohol, aber heute Nacht wollte ich unbedingt einen klaren Kopf behalten. Außerdem musste ich Mr. Leavitt irgendwie dazu bewegen, mir ins Foyer zu folgen, damit Octocat ihn im Auge behalten konnte.

„Bitte entschuldigen Sie mich einen Moment", bat ich, zog mein Handy aus meiner trägerlosen Unterarmtasche und drückte auf Senden, um die Nachricht abzuschicken, die ich schon früher am Abend verfasst hatte.

Danach lächelte ich ihn erneut an und sagte: „So. Jetzt, wo auch das erledigt ist, lassen Sie uns die Party genießen. Hier sind so viele Leute, denen ich Sie gerne vorstellen würde. Wussten Sie übrigens, dass Großmutter in ihrer Glanzzeit eine berühmte Broadway-Schauspielerin war? Sie hat nach wie vor viele wohlhabende Freunde, und einige von ihnen sind heute Abend gekommen, um sie beziehungsweise das Tierheim zu unterstützen."

„Fantastisch", staunte Leavitt und nahm einen weiteren Schluck von seinem Wein.

Ein lautes Klopfen, gefolgt von einem Mikrofonrauschen, erfüllte den Raum und ließ alle verstummen.

„Entschuldigung? Entschuldigung, meine Damen und Herren", rief Grandma ins Mikro. „Ich wollte mich nur schnell ganz herzlich bei einer Wohltäterin bedanken, die jedoch anonym bleiben möchte. Sie hat uns soeben eine Spende in Höhe von fünfzigtausend Dollar zukommen lassen und damit unser Ziel für den heutigen Abend im Alleingang übertroffen. Dank ihres großen Herzens kann das Tierheim weiter geöffnet bleiben, und wir können allen Streunern in Glendale helfen, ein neues Zuhause zu finden."

Alle Anwesenden klatschten höflich Beifall, einige seufzten sogar gerührt.

Was für ein erstaunlich großzügiges Geschenk – wenn es denn echt gewesen wäre.

„Oh, diese Nacht hat unsere kühnsten Erwartungen bereits übertroffen", schwärmte ich, an Mr. Leavitt gewandt und setzte auf unsere sorgfältig geplante Show noch einen drauf. „Wir hatten ja gehofft, dass unsere kleine Gala ein Erfolg werden würde, aber dass sie *so viel Geld* einbringen könnte ..."

Grandma schlängelte sich durch die Menge und gesellte sich zu uns ins Foyer. „Mr. Leavitt", rief sie begeistert aus, „Ich wollte Ihnen diesen Scheck persönlich überreichen. Eine Spende über fünfzigtausend Dollar. Können Sie sich das vorstellen?" Sie drückte ihm besagtes Teil in die Hand, und das war mein Signal.

„Ein Problem mit der vegetarischen Variante des Abendessens?", kreischte ich in mein Headset. „Nein, nein, nein. Das können wir nicht dulden, vor allem nicht bei einer Spendenaktion für Tiere. Ich bin gleich da."

Dann drückte ich auf mein Bluetooth-Gerät, um das Beenden eines Anrufs zu imitieren, und wandte mich mit panischer Miene meiner Großmutter zu. „Könntest du bitte kurz mitkommen? Ich glaube, in dem Fall sind wir beide gefragt. Es war nett, Sie wiederzusehen, Mr. Leavitt. Genießen Sie den Rest des Abends."

„Okay, jetzt bist du dran", murmelte ich dann in mein Mikro, während wir nach draußen eilten. „Operation *Roter Punkt* ist angelaufen."

20

So sehr Octocat es auch gehasst hatte, von dem roten Punkt ausgetrickst zu werden, als ich ihn für unseren Tierarztbesuch einfangen musste, diente dieser kleine Trick als Grundlage für unseren Plan, Mr. Leavitt damit auf frischer Tat zu ertappen.

„Es geht nicht um den roten Punkt", philosophierte er, „sondern darum, was er *darstellt.*"

Er hatte weiterhin erklärt, dass dieser für Katzen unwiderstehlich und im Grunde unmöglich zu ignorieren sei und uns gedrängt herauszufinden, welchen es bei dem Leiter des Tierheims geben könnte. Inzwischen hatte es Großmutter aber schon passend formuliert: *Geld ist ein starkes Motiv.*

Ab diesem Moment stürzten wir uns mit voller

Kraft in die Planung der Wohltätigkeitsgala und damit in unseren Masterplan. Die Spende von fünfzigtausend Dollar war purer Schwindel. Wir ließen gefälschte Schecks mit falschem Namen, unechter Adresse und sogar einer erfundenen Kontonummer drucken und hofften darauf, dass unser Bösewicht uns auf den Leim gehen und sie stehlen würde.

Officer Bouchard war Undercover im Einsatz und hatte sich in Zivil vor der Bank in Dewdrop Springs auf die Lauer gelegt. Am Ende des Tages musste Mr. Leavitt eine Entscheidung treffen: Entweder er würde weiterhin kleine Summen des maroden Tierheims veruntreuen oder sich den großen Fang unter den Nagel reißen und sich damit aus dem Staub machen. Wir konnten nur hoffen, dass der Fünfzigtausend-Dollar-Fake – oder der rote Punkt, um Octocats bevorzugte Analogie zu verwenden – ausreichen würde, um ihn zu Letzterem zu bewegen.

„Er verlässt das Haus! Er will gehen!", brüllte mein Kater mir ins Ohr, während ich so tat, als sei ich damit beschäftigt, ein Tablett mit Brokkoli-Röschen zu inspizieren.

„Gib ihm Bescheid", wies ich Grandma an, die eine Textnachricht an den Officer fertig zum Versenden auf ihrem Handy bereithielt. So sehr ich es auch hasste, aus der weiteren Aktion raus zu sein, war meine Rolle bei dieser Operation damit offiziell beendet.

„Gute Arbeit, Octavius", sagte ich und nahm mein Headset ab. Danach zog ich mein eigenes Telefon aus der Tasche und schrieb eine rasche Nachricht an Charles.

Darf ich um diesen Tanz bitten?

Nur kurze Zeit später tauchte er auf, und gemeinsam schwebten wir über den Rasen unter dem funkelnden Sternenhimmel ...

Eigentlich wäre das ein unglaublich romantischer Ausklang dieses Abends gewesen, wenn wir uns nicht noch einer kleinen Ablenkung hätten stellen müssen.

„Er hat ihn." Ich vernahm Grandmas Worte nur wenige Augenblicke, bevor sie von hinten die Arme um mich legte. Eng umschlungen tanzten wir zu dritt weiter, während sie mir ins Ohr flüsterte: „Dieser Narr ist wieder zur selben Bank gegangen wie zuvor. Wie sich herausgestellt hat, ist er es die ganze Zeit gewesen, bis auf die letzten beiden Schecks natürlich. Ich erzähle dir alles, sobald ich selbst mehr Details habe." Mit diesen Worten drückte sie mir einen Kuss auf die Wange und entfernte sich.

„Deine Großmutter hat mich gerade in den Hintern gekniffen", sagte Charles lachend zu mir.

„Typisch für sie", antwortete ich und verdrehte die Augen. Sie und ich würden uns nochmals über gewisse Grenzen unterhalten müssen – später. Im Moment wollte ich mich nur noch Charles' starken Armen hingeben.

„Wie konntest du wissen, dass es nicht Trish war?", fragte er mich.

„Die ganze Sache war zu perfekt", murmelte ich, bereit, alles hinter mir zu lassen und den Rest der Gala so gut es ging zu genießen.

„So wie du", scherzte er und gab mir einen schnellen Kuss auf die Wange.

„Ja, klar", konterte ich lachend, schmiegte mich jedoch noch enger an ihn. Wenn er glauben wollte, dass ich perfekt war, sollte ich ihm das nicht ausreden.

* * *

Ausgerechnet Harmony lieferte schließlich die fehlenden Informationen, die zur Lösung des Falles führten. Erinnern Sie sich an die fiese Masseurin? Ganz genau, die.

Es stellte sich heraus, dass Trish das Serenity Day Spa aufgesucht hatte, weil Stone, dessen richtiger Name Declan war, ebenfalls in der Dewdrop Springs-

Filiale der First Bank of Blueberry Bay arbeitete. Er war Mr. Leavitt behilflich gewesen, seine gestohlenen Schecks einzulösen und hatte es anschließend Trish in die Schuhe geschoben.

Und Harmony, die wirklich und wahrhaftig so hieß, hatte genug mitbekommen, um gegen ihn auszusagen. Daraufhin knickte er ein und gestand alles.

Paisley hatte Trish deshalb noch nie gesehen, weil diese eigentlich nicht für das Heim arbeitete. Die liebenswerte Dame am Empfang, Pearl, war ihre Großmutter, und seit Wochen drohte Mr. Leavitt damit, sie zu entlassen, weil sie angeblich zu alt sei und der Verdacht bestünde, dass sie an beginnender Demenz leide. Er hatte diese Drohung zusammen mit ein paar sorgfältig ausgeklügelten Lügen benutzt, um Trish dazu zu bringen, für ihn die Schmutzarbeit zu erledigen.

Als er dann spürte, dass Grandma und ich ihm auf den Fersen waren, zog er das Mädchen noch tiefer in die Sache rein. Er schickte sie los, um die Schecks bei Stone einzukassieren. Und dann gab er ihr auch noch den Auftrag, die gestohlenen Waren zu kaufen, und wies seinen Lakaien an, sie absichtlich auf den falschen Parkplatz zu lotsen und anschließend dazu zu zwingen, durch die ganze Stadt zu laufen, in der Hoffnung, dass jemandem ihr verdächtiges Verhalten auffallen würde.

Und, ja, ich hatte sie ihm direkt in die Hände gespielt.

Wären da nicht meine Haustiere und diese eklige tote Maus gewesen, hätte ich nie realisiert, dass wir uns auf die falsche Person versteift hatten.

Was für ein Glück, dass meine Haustiere manchmal so unappetitlich sind! Und Mr. Leavitt, dessen Vorname übrigens Alex lautet, würde für eine lange, lange Zeit hinter Gitter wandern. Jetzt wird jemand, der wirklich an die Mission des Tierheims glaubt, die Stelle des Koordinators für Öffentlichkeitsarbeit übernehmen.

Pearl.

Ein Arzt hat die Diagnose Demenz schnell verworfen und sie für völlig gesund und bei klarem Verstand erklärt. Das Schicksal der Tiere liegt jetzt in ihren Händen, und ihre hingebungsvolle Enkelin Trish ist zukünftig das erste Gesicht, das einem bei einem Besuch in der Einrichtung entgegenlächelt.

Grandma und ich planen, weiterhin Spendenaktionen zu organisieren, um ihnen zu helfen, wieder auf die Beine zu kommen.

Ende gut, alles gut.

Na ja, zumindest bis zu unserem nächsten Fall ...

. . .

Wie geht es weiter?
Finde es schnell heraus …

Waschbär-Wirrwarr ist jetzt erhältlich.

Sichere dir noch heute dein Exemplar, damit du direkt mit der Fortsetzung dieser verrückten Krimiserie weiterlesen kannst!

* * *

Und vergiss nicht, dich in Mollys Liste einzutragen, damit du über alle Neuerscheinungen, monatlich stattfindende Verlosungen und weitere coole Aktionen (einschließlich jeder Menge Katzenfotos) informiert bleibst.

Hole dir noch heute dein persönliches Exemplar und fange direkt an zu lesen.
Katzengeheimnisse.com/abonnieren

WIE GEHT ES WEITER?

Ist dieser neugierige Waschbär ein Dieb oder ein Detektiv?

Eigentlich schien mein Leben in letzter Zeit ziemlich perfekt zu sein – tolles Haus, toller Job als meine eigene Chefin, toller neuer Freund und die beste sprechende Katze der Welt. Aber wie sich herausstellt, hatte ich mich zu früh gefreut …

Obwohl meine Privatdetektei brandneu ist, habe ich bereits ziemlich unangenehme Konkurrenz bekommen und zwar von dem Waschbär, der unter meiner Veranda lebt. Dieser ist jedoch ein Langfinger, und ich habe keinen Zweifel daran, dass er seine Kunden ausnimmt, denn meine bestiehlt er auch.

Anfangs fand ich es nur ärgerlich, doch die Lage spitzt sich zu, als er etwas von meinem Dachboden entwendet, das ein düsteres Geheimnis birgt und meine geliebte Großmutter in schreckliche Probleme stürzt. Ich muss der Sache auf den Grund gehen, aber das wird nicht einfach, denn die Person, um die sich alles dreht, lebt mit uns im Haus.

Kann ich diesem zwielichtigen Waschbär etwas so Wichtiges anvertrauen? Leider scheine ich keine andere Wahl zu haben.

Hole dir noch heute dein persönliches Exemplar und fange direkt an zu lesen.

Viel Spaß!

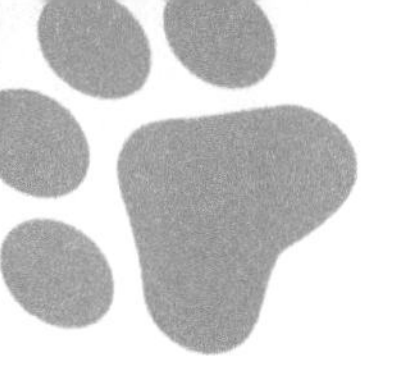

Hey, mein Name ist Angie Russo, und ich bin Co-Inhaberin einer Privatdetektei hier im schönen Blueberry Bay an der amerikanischen Ostküste im US-Bundestaat Maine.

Mein Geschäftspartner, dem die andere Hälfte der Firma gehört, ist mein Kater Octavius – kurz Octocat genannt. Sein voller Name ist nahezu unaussprechlich lang, und er denkt sich immer wieder neue Titel aus, die er hintendran setzt. Die neueste Version lautet: Octavius Maxwell Ricardo Edmund Frederick, Freiherr von Fulton-Russo – Privatdetektiv.

Ein Zungenbrecher, ich weiß.

Und er ist obendrein auch ziemlich anstrengend und verwöhnt.

Trotzdem ist er zweifellos mein bester Freund,

auch wenn er es immer wieder schafft, mir das Leben schwer zu machen. Er wurde beispielsweise schon einmal entführt, musste vor Gericht erscheinen und hat sogar mehrfach gedroht, unseren neuen Hund zu killen.

Unglaublicherweise sind all diese Dinge innerhalb nur eines Monats passiert.

Aber so läuft das eben, wenn man mit Octocat zusammenlebt.

Ob es einem gefällt oder nicht, es lässt sich nicht leugnen, dass er eine echte Persönlichkeit ist.

Und ein wahrer Sturkopf obendrein. Doch zum Glück hat er nicht zu allen Dingen eine festgefahrene Meinung – bisweilen ändert er sie sogar.

Etwa, was den neuen Hund betrifft, den wir adoptiert haben, ein süßes Chihuahua-Mädel namens Paisley. Sie mochte ihn von Anfang an, aber Octocat brauchte deutlich länger, um mit ihr warm zu werden. Tatsächlich sind die beiden inzwischen dicke Freunde geworden, und das erfüllt mich mit Stolz und Freude. Eine der Lieblingsbeschäftigungen meines Stubentigers ist es, sich an „seinen" Hund heranzupirschen, ihn anzuspringen und zu Boden zu werfen.

Ja, sein Hund. Das Blatt hat sich in den letzten Wochen komplett gewendet.

Wir drei wohnen unter einem Dach mit meiner Großmutter. Obwohl „Grandma" diejenige ist, die mich hauptsächlich großgezogen hat, lebt sie in meinem Haus.

Und eigentlich gehört unsere Hütte meinem Kater.

Ja, das stimmt wirklich, denn Octocat besitzt einen nicht unerheblichen Treuhandfonds, und daraus erhalte ich jeden Monat eine äußerst großzügige Summe für seine Versorgung, mit der ich auch die Hypothek für unsere exklusive Villa bezahlen kann.

Es ist schon eine etwas merkwürdige Konstellation, das gebe ich zu. Aber hey, wenn das Leben dir Zitronenlimonade schenkt, solltest du sie am besten trinken und genießen!

Apropos, ich bin jetzt seit etwa sieben Wochen mit meinem Traumtyp zusammen. Sein Name ist Charles Longfellow, und er ist aus gutem Grund der Mann meiner Träume. Nicht nur, weil er ein super Anwalt ist und mittlerweile die Kanzlei, in der ich früher gearbeitet habe, alleine führt, sondern auch, weil er unglaublich klug, nett, aufmerksam, gut aussehend und – okay, ich gebe es gerne zu – sexy ist.

Wir haben zwar noch nicht ...

Aber lassen wir das.

Übrigens kann ich mit meiner Katze sprechen. Ich schätze, das hätte ich bereits erwähnen sollen, denn es ist so ziemlich das Außergewöhnlichste an mir.

Auch mit dem Hund und mit den meisten anderen Tieren kann ich mich unterhalten.

Wie das möglich ist? Kurz gesagt: Ich wurde bei einer Testamentseröffnung durch einen Stromschlag von einer Kaffeemaschine ausgeknockt, und während ich wieder zu mir kam, hörte ich, wie Octocat sich über mich lustig machte. Als er merkte, dass ich ihn verstehen konnte, beauftragte er mich, den Mord an seiner verstorbenen Besitzerin aufzuklären, und der Rest ist Geschichte.

Nach dieser Sache wurden uns zwei Dinge klar: Erstens, dass wir ein wirklich gutes Team beim Lösen von Verbrechen sind, und zweitens, dass wir nach diesem Wink des Schicksals zusammenbleiben sollten, auf Gedeih und Verderb. In der Regel verstehen wir uns recht gut, aber gelegentlich kriegt er noch seine Wutanfälle – ich aber ebenfalls.

Und das bringt mich zum heutigen Tag.

Die offizielle Eröffnung unserer Detektei liegt nun genau zwei Monate zurück, und in dieser Zeit hatten wir genau null Kunden. Es sieht düster aus;

das findet selbst meine ansonsten sehr optimistische Großmutter.

Niemand will uns beauftragen, und ich bin mir nicht sicher, warum.

Viele Leute in der Stadt kennen und mögen mich, und sie wissen nicht, dass ich tatsächlich mit Tieren sprechen kann. Sie halten die Tatsache, dass ich meinen Kater als meinen Geschäftspartner ausgebe, nur für eine Werbemasche. Und ehrlich gesagt, ist mir das auch lieber so.

Langsam fange ich jedoch an, mir Sorgen zu machen, dass unsere Firma nie ans Laufen kommt.

Wie viel Zeit sollte man sich als Unternehmensgründer geben, bis man sein Vorhaben wieder aufgibt?

Octocat scheint ziemlich glücklich damit zu sein, die meiste Zeit des Tages in der Sonne zu dösen, ich jedoch fühle mich im Moment total unausgefüllt. Ich habe kürzlich sogar meinen Job als Anwaltsgehilfin gekündigt, um genug Zeit für die ganze Ermittlungsarbeit zu haben, und war davon überzeugt, dass man mir sofort die Tür einrennen würde.

Tja, da lag ich wohl grandios daneben.

Ich muss mir etwas einfallen lassen, und zwar schnell, wenn ich meine Firma über Wasser halten will. Doch wie kann ich meinem Instinkt noch vertrauen, wenn er mich vorher so dermaßen auf die falsche Fährte gelockt hat?

Ich kann nur hoffen, dass Octocat eine gute Idee hat, die uns weiterbringt ...

Es war Mittwochmorgen, und ich hatte den größten Teil der letzten zwei Tage damit verbracht, Werbeflyer an jeden Menschen, jedes Geschäft und jedes Tier zu verteilen, die sich bereit zeigten, einen anzunehmen. Aus lauter Verzweiflung hatte ich sogar Parkplätze aufgesucht und die bunten Handzettel, die meine Dienstleistungen und Erfahrung anpriesen, unter die Scheibenwischer aller Autos gesteckt.

Trotzdem hatte sich noch niemand gemeldet, um mich mit einem Fall zu beauftragen.

Nicht ein einziger.

Grandma hatte das Haus früh verlassen, um ehrenamtlich in der Stadt Müll aufzusammeln. Obwohl auch das Tierheim Hilfe von Freiwilligen gut gebrauchen konnte, hatte sie mir zugestimmt, dass es nicht der beste Ort für sie war, um sich zu engagieren, da sie sonst womöglich fast jeden Hund und jede Katze dort adoptieren würde – sie hatte einfach ein sehr großes Herz.

Unser Haus war schon voll genug, das wussten wir beide.

Ich saß in unserem Esszimmer und nippte an einer Dose Cola Light. Kaffeemaschinen konnte ich aus Angst vor einem erneuten Stromschlag immer noch nicht anrühren, und Tee schmeckte mir ohne Grandmas Gesellschaft nicht richtig.

Paisley und Octocat hüpften durchs Haus und spielten Fangen, während ich mir darüber den Kopf zerbrach, wie wir an Kunden kommen könnten.

Die elektronische Katzenklappe surrte, und beide Tiere rannten nach draußen.

Lächelnd sah ich zu, wie sie im Zickzack durch den Garten düsten. Der Herbst hatte seinen Höhepunkt bereits überschritten, und die meisten bunten Blätter waren inzwischen von den Bäumen gefallen. Ich tat mein Bestes, um mit dem Zusammenrechen des Laubs hinterherzukommen, was sich als keine leichte Aufgabe erwies, denn mein Grundstück wurde auf zwei Seiten von einem riesigen Wald flankiert.

Ständig wehte das lose Blattwerk in unseren Garten.

Wie jetzt gerade.

Ich seufzte, als eine heftige Windböe durch die Bäume fegte und mindestens fünf Säcke Laub in unseren Vorgarten beförderte. Blätter in allen Farben bedeckten den leicht ausgebleichten Rasen – rote, gelbe, grüne ... türkise?

„Mami! Mami!", rief Paisley von draußen, und ich flitzte los. Unser süßes, unschuldiges Chihuahua-Mädchen ließ sich zwar leicht aus der Ruhe bringen, aber durch ihre geringe Größe, war sie auch ein leichtes Opfer. Ihre Sicherheit war für mich das oberste Gebot, da ging ich kein Risiko ein, und Grandma und Octocat auch nicht.

Einer von uns begleitete sie immer, wenn sie die Welt draußen erkundete.

Und obwohl ich wusste, dass sich Octocat mit ihr im Garten befand, musste ich mich vergewissern, dass nichts Schlimmes passiert war, das sie erschreckt hatte.

Die beiden warteten schon auf der Veranda auf mich. Paisley trug ein türkisfarbenes Stück Papier im Maul.

„Was ist das?", wollte ich wissen und nahm es ihr ab.

„Es ist einer deiner Zettel, Mami!", rief die kleine Hündin stolz.

Ich blickte auf den Flyer in meinen Händen und dann im Garten umher, wo sich Dutzende, vielleicht sogar Hunderte weitere unter das herbstliche Laub gemischt hatten.

Sie hatte recht. Das war einer meiner Handzettel mit der Werbung für unsere Privatdetektei, die ich in den letzten Tagen so mühselig verteilt hatte. Jedes einzelne Exemplar, das Grandma für uns gedruckt hatte, hatte ich unter die Leute gebracht.

Und jetzt tauchten sie alle bei mir zu Hause wieder auf, als wären sie mir gefolgt.

Wie konnte das sein?

Da vernahm ich ein hohes Gekicher, das unter der Veranda hervordrang, und mir schwante Böses.

„Pringle!", schrie ich und stampfte so fest ich konnte mit den Füßen auf, um den Waschbären aus seinem Versteck zu treiben.

Ich wusste, dass er wütend auf mich war, seit ich ihm verboten hatte, das Haus zu betreten, aber mein Geschäft zu sabotieren? Nicht zu fassen!

Hole dir noch heute dein persönliches Exemplar und fange direkt an zu lesen.

ÜBER MOLLY FITZ

Obwohl USA-Today-Bestsellerautorin Molly Fitz genau genommen nicht mit Tieren sprechen kann, führen sie und ihre drei tierischen Co-Autoren oft tiefgründige und lebhafte Gespräche, während sie den alltäglichen Dingen des Lebens nachgehen.

Molly lebt mit ihrem Kind und ihrem eigenen Privatzoo irgendwo in der Wildnis von Alaska. Gelegentlich wagt sie sich hinaus, um ein exquisites Essen zu genießen, einen guten Kaffee zu trinken oder neue Tierfreunde zu treffen.

Erfahre mehr über Molly und ihre deutschen Veröffentlichungen, indem du dich gleich für ihren Newsletter anmeldest:

www.katzengeheimnisse.com

MISS DOLITTLES GEHEIMNIS

Angie Russo hat sich gerade mit dem ersten sprechenden Katzendetektiv von Blueberry Bay zusammengetan. Gemeinsam mit seiner bunt zusammengewürfelten Schar menschlicher und tierischer Helfer ist Octocat fest entschlossen, jede Situation zu retten – solange sie nicht mit seinem persönlichen Zeitplan kollidiert.

Viel Spaß mit Band 1 – **Kommissar Katerchen**

MERLINS MAGISCHE ABENTEUER

Gracie Springs ist keine Hexe … ihr Kater hingegen schon. Jetzt muss sie alles in ihrer Macht Stehende tun, um sein Geheimnis zu wahren, oder sie riskiert, den Rest ihres Lebens in einem magischen Gefängnis zu verbringen. Zu dumm, dass sie den Ärger geradezu magnetisch anzuziehen scheint!

Viel Spaß mit Band 1 – **Merlin findet eine Vertraute**

AGENTUR FÜR PARANORMALE ZEITARBEIT

Tawny Bigfords gewöhnlich zu nennendes Leben nimmt eine magische Wendung, als sie über die Leiche ihrer Vermieterin stolpert und von einer sprechenden schwarzen Katze rekrutiert wird, die Rolle der Verstorbenen als offizielle Stadthexe von Beech Grove, Georgia, zu übernehmen.

Viel Spaß mit Band 1 – **Eine Hexe für alle Gelegenheiten**

DAS GEISTERHAFTE GÄSTEHAUS (MIT TRIXIE SILVERTALE)

Sydney Coleman hat alles erreicht – und doch steht sie irgendwann vor dem Nichts. Gerade, als sie ihr neues Bed and Breakfast eröffnen will, stellt sich ihr ein Geistertrio auf Schritt und Tritt in den Weg. Die Geister bestehen darauf, dass sie den Mord an ihrer Herrin aufklärt, aber Sydney braucht dringend Geld. Wenn nicht bald ein paar zahlende Gäste eintreffen, ist ihre Spukvilla dem Untergang geweiht.

Viel Spaß mit Band 1 – *Mörderischer Mondschein*

VERBINDE DICH MIT MOLLY

Wenn du ebenfalls ein großer Fan von spannenden, schrägen Tierkrimis bist, sollten wir unbedingt Freunde werden.

Wie wäre es, wenn du direkt einmal meine Facebook-Seite besuchst, die ich speziell für meine treuen deutschen Leser eingerichtet habe? Hier der Link dazu:

Facebook.com/Katzengeheimnisse

Oder melde dich für meinen Newsletter an und sichere dir als Abonnent gratis ein digitales Geschenkpaket, einschließlich einer exklusiven Kurzgeschichte über Octocat:

Katzengeheimnisse.com/Abonnieren